To have a heart of Spirits ,
you need one things ;
STYLISH MOVE
JN049395
精霊少女に
『カッコいい俺』だけ見せていたら、
いつの間にか最強になっていた
平成オワリ
Heisei Owari
高峰ナダレ

エメラルドティアーズ
EMERALDTEARS

マス、ター……
……もう少しだけ、
このままで

マスターさん……
ボク、頑張るね

ブラックダイヤモンド
BLACKDIAMOND

レオンハート
LEONHART

これがお前が目指すべき、最強の到達点だ

INDEX

To have a heart of Spirits , you need one things ;

STYLISH MOVE

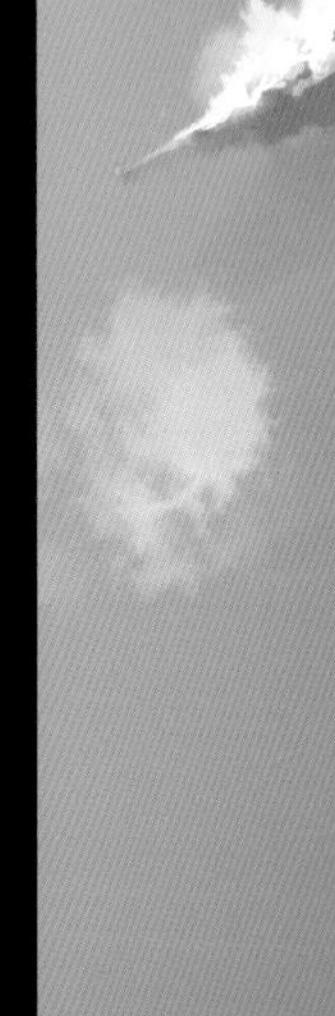

精霊少女に『カッコいい俺』だけ見せていたら、いつの間にか最強になっていた

平成オワリ

ファンタジア文庫

3224

口絵・本文イラスト　高峰ナダレ

精霊少女に『カッコいい俺』だけ見せていたら、いつの間にか最強になっていた

平成オワリ
Heisei Owari
ill. 高峰ナダレ

To have a heart of Spirits ,
you need one things :
STYLISH
MOVE

プロローグ

『さあ、三年に一度の大決戦！　数多（あまた）の精霊とマスターたちが紡（つむ）ぐ伝説が幕を開けました！　世界最強の精霊とマスターを決めるこの【ラグナロク杯】を制すのは、いったいどのコンビなのか⁉　いかがでしょう解説のコメンターさん⁉』

『やはり注目は一番人気「黄昏（たそがれ）の魔王」レオンハートと「疾風迅雷（しっぷうじんらい）」エメラルドティアーズでしょうね。弱冠十五歳で精霊大戦へ乗り込み、圧倒的勝利を収めての鮮烈デビュー。そしてそこから連戦連勝。一年経（た）たずに無敗でここまで来たその実力はまさに魔王の名にふさわしい、素晴らしいマスターだと思います』

『金髪金眼にして威風堂々とした立ち姿は多くの女性陣を虜（とりこ）にして止（や）まず！　かく言う私も大ファンです！　そしてエメラルドティアーズは元々孤児院に預けられていた精霊。そこからここまで駆け上がった姿はまさにドラマチックと言う他ありません！

　強く、気高く、美しく！　見る人を魅了して止まない彼女の姿は、一つの時代の象徴とも言えるでしょう！　さあ今日も我らを魅せてくれるのか⁉　期待の一戦です！』

　そんな音響魔法（マイク）によって都市中に響き渡る実況と、それに合わさるように大地を揺らすほどの大歓声。

　遠く離れたコロシアムから伝わる観客の熱意とは裏腹に、俺の心は冷めていた。

「いくぞ、エメラルド」

「はい……マスター」

　暗い表情のエメラルドを連れて、俺は一度だけ背後を振り返る。

　天まで続くのではないかといわんばかりの天空の塔と、そしてその下に作られた『精霊教会』。

　本当なら俺たちは今日、【ラグナロク杯】を制して、あの天空の塔に入っていたはずだ。

　だがそれも――。

「エメラルド。すまなかった」

「いえ、マスターのおかげでここまで来られたのです。その期待に応えきれず、駄目だったのは私の方で……」

　そんなことはない。エメラルドは精一杯やってくれていた。

　駄目だったのは、お前の限界値を見極めきれなかった俺の方なのだ。

「また来よう。今度こそすべてを圧倒して、私たちが最強だったと……あのとき『黄昏の魔王』と『疾風迅雷』が出場していれば優勝していたのは私たちだったと、そう言わせてやろう」

「……はい、マスター」

そして俺たちは【ラグナロク杯】の会場に背を向け、表舞台から姿を消すのであった。

五年後――。

「マスター……もう起きる時間ですよ？」

「……ああ」

目が覚めると、若草色の髪を腰まで真っすぐ伸ばした美少女が、優しい手つきで俺を起こしてくれていた。

これだけで俺の人生勝ち組だなと思いつつ、ゆっくり身体を起こして少女を見る。

感情の起伏は薄いが、柔らかく微笑む彼女の名前は『エメラルドティアーズ』。

俺たち人間と違う、『精霊』と呼ばれる種族の少女だ。

「おはようございます。マスター」

「おはようエメラルド」

手を伸ばして彼女の頬に触れると、俺の手を優しく握り込んでくれた。

とても温かく、思わず心がホッとする。

「懐かしい夢を見た」

「懐かしい夢、ですか？」

「ああ。私とお前が出会い、そして駆け抜けてきた日々の夢を」

「それは……良い夢ですね」

エメラルドが嬉しそうに微笑むので、俺も少し表情を崩す。

この少女と一緒なら誰にも負けないと思っていたし、どこまでも高く飛べるとずっと思っていた。

あの日までは――。

「たとえあのような最後であったとしても、マスターとともに戦った日々は私にとって大切な宝物です」

「……ああ」

「後悔なんてありません……本当ですよ？」

「ふ、わかっているさ」

エメラルドが俺に嘘を吐くことなどあり得ない。

彼女がそう言うのであれば本当に後悔していないし、大切な思い出なのだ。

あえて言葉にするのは、俺のことを気遣っているからだろう。

「まったく、お前は本当に私には勿体ない精霊だな」

「そんなことは言わないでください」

「ん？」

「私にとってマスターは、いつだって世界最高のマスターなのですから」

この子はいつだって、俺のことをそう言ってくれる。

だから俺は、そんなエメラルドのマスターとして『恥ずかしくない自分』であらねばならなかった。

「そうだな……お前がそう想ってくれるなら、私はいつでも最高の男であり続けよう」

ただ本当は、世界中に声を大にして言いたい。

——エメラルド良い子すぎるだろぉぉぉぉ！

超絶美人だし！　上から下まで完璧と言えるくらいスタイル良いし！　いつも俺みたいな駄目マスターに尽くしてくれて性格も良い良・妻・賢・母！

そして天は二物も三物も与えたのか、俺みたいなへっぽこマスターでも勝ちまくる、世界最高クラスの力を持った最・強・精・霊！

精霊って美人ばっかりだし精霊使いになったら精霊ハーレムとか作れるかなぁ、とか不純な動機でマスターになった俺には眩しすぎる存在！

それが俺の愛しい精霊『エメラルドティアーズ』だぁ！

「マスター？」

「いやなに、お前と出会えて私は幸せだと、そう思ってな」

「……もう」

頬を赤らめるエメラルド！

可愛すぎるぞまじで！　俺を尊死させる気か⁉

このまま抱きしめて一気にベッドにインして色々したい！　髪の毛触りたい！

だというのに俺の身体は動いてくれない！

駄目か⁉　やはり無理か俺⁉　くそっ、手足が震えやがるぞこの童貞の身体！

頑張れ頑張れ頑張れ駄目だやはり動かない⁉　これが俺の限界なのか？　そうなのか⁉

「マスターはいつも意地悪です」

「ん？　なにがだ？」

「出会えて幸せだなんて……そんなこと言われたら嬉しくなってしまいます」

可愛い……天使がここにいる……。

「事実を言ったまでだ。エメラルドにはいつも感謝している」

はい、俺の汚い心は浄化されました。

というわけで、これ以上心の中で興奮していてはいずれボロが出てしまうかもしれないので一度冷静になろう。

まずそもそも、俺はエメラルドの思っているような男ではない。

恐ろしいことに、彼女の中の俺は『常に冷静沈着で格好良い最強のマスター』らしい。

……いや、誰のことそれ？

エメラルドと出会ったとき、彼女に対して少しでも格好いい男を演じようと思った。

それがきっかけとなり、いつの間にか表面上では『常にクールでスタイリッシュな超絶格好いい俺』がいて、心の中では『精霊ハーレム作りたいアホな俺』がいるようになっていたのだ。

どちらも同じ俺なのだが、エメラルドから失望されたくないという想いが常にあったせいか、いつの間にか『格好いい俺』を辞めようと思っても辞められなくなって今に至る。

「エメラルド。お前から見た私は、どんな人間だ？」

「常に冷静で強く、誰よりも素晴らしい精霊の導き手のようなお方だと思います」

はい即答。どうやら俺は精霊の導き手らしい……ないな。

もし信頼なんてものを数値化できたら、間違いなくとんでもない数字を叩きだしてるね。

この信頼が凄すぎて、本当ならエメラルド相手に滅茶苦茶エロいことしたいのに、一切できそうになかった。

この子に失望されたら俺、生きていける自信がない。

おかげで二十歳になっても未だに童貞。悲しき性を持つ男としてこの場に立っていた。精霊ハーレムを作って毎日エロエロな日々を過ごすのが将来の夢だと言っていた十年前の俺、ごめんな。

なんというか、気付けばエメラルドや周りの人たちが『格好いい俺』を信頼し過ぎて、駄目なところが見せられなくなっててさ。

才能ない代わりに格好つけてたら、いつの間にか世間的にも『黄昏の魔王』とかいうとんでもない二つ名を付けられるくらい凄いマスター扱いされていたんだ。

違うから。本当の俺はただ精霊が大好きなだけだから！　凄いのエメラルドだから！

美人で気立てが良くて強い最高の精霊だから結婚したい！

「マスター？」

首を傾げて不思議そうにするエメラルド超可愛い。

ただ、この世界において不思議なことに、これだけ美人ぞろいにもかかわらず『精霊に恋する人間』はほとんどいない。

理由は一つ、『種族が違うから』。

見た目はほぼ一緒。人から生まれるのも一緒。違うのは耳が少し尖っているくらい。

精霊と人間の間に違いなどないと思うのだが、大多数にとっては違うらしい。

『犬は猫に恋しないし、サルはゴリラに恋するか？』

『違う種族と交尾をするとか、ゴブリンやオークのような下等種族だけだろ？』

そんな声とともに、精霊に恋すると『精霊趣味』と迫害される世の中。

俺みたいに精霊を愛している者ももちろんいる。だがそれはごくごく少数で、表に出てくることもできないのだ。

そのせいで、大っぴらにエメラルドを愛していると言うことができない！

理不尽すぎる！　このルール決めたやつぶっ殺すぞこの野郎！

「だから私は……」

「マスター？」

「いや、気にするな。ただ少し、昔決めたことを思い出していただけだ」

三年に一度、世界最高峰の精霊たちの大会である精霊大戦【ラグナロク杯】。

これに優勝した精霊とマスターは、神の試練と呼ばれる天空の塔に挑戦する権利を得る。

そして神の試練を乗り越えた者たちは、神様から一つだけ願いを叶えてもらえる。

だから俺は、神の試練をクリアし、神様に頼んで世界を変えるのだ！

誰もが当たり前に精霊を愛していると叫べるような、そんな世界に！

「エメラルド、雌伏のときは終わりだ……世界を変えるために俺は動こう」

「マスター……」

五年前は彼女一人に負担をかけすぎて、最後の最後ですべてを台無しにしてしまった。

だからこそ、今度は失敗しない。そして必ずまたあの舞台に立つ！

精霊ハーレムを作ってイチャイチャな日々を過ごすという十年前の夢を、今度こそ叶えてみせるのだ！

「行くぞ。私たちとともに、世界を変える覚悟を持った精霊たちを探しに」

「はい……どこまでもお供します。マスターが世界を変える、その光景を見るために」

そうして地方都市ルクセンブルグの宿を出て、街の中央にあるコロシアムに向かう。

ともに夢に向かって戦う、精霊たちをスカウトするために──。

第一章　精霊

地方都市ルクセンブルグ。

都市の中心にあるコロシアムには、精霊たちの熱い戦い――精霊大戦を見るためにやって来た人々によって大いに賑(にぎ)わっていた。

「地方都市の割に、盛り上がりは中々ですが……」

会場には推しの精霊を応援するサポーターたちも見られ、横断幕や応援歌などが聞こえてきた。こうして精霊だけでなく、自分たちも一緒に戦っているのだとアピールできるところも精霊大戦の醍醐味(だいごみ)と言えよう。

「残念ながら、マスターがスカウトするに値する精霊はいないかと」

「そうか」

俺は改めて空中に浮かぶ映像魔法(モニター)を見る。

コロシアムは観客を一ヵ所に集めて、精霊大戦を見やすくするための場所。

実際に彼女たちが戦っている精霊界は、俺たちが住む人間界とは異なる異世界だ。

「いつ見ても、美しいな」

映像魔法(モニター)には八人の精霊たちが映っていた。

自由に宙を舞い、地面を疾走し、武器を構え、魔術を放つ。

たった一人で人の軍隊より強い力を持つ精霊たち。そんな彼女たちが、自分こそ最強であると証明するために戦う姿は、神話に出てくる英雄たちのように美しい。

普通の人間では絶対に勝てない『神に選ばれし最強の種族たち』の戦いというのは、見ているだけで心震えるものだ。

とはいえ、最強の英雄同士がぶつかり合えば、どちらかが敗北するのもまた事実。

すでに今回の精霊大戦が始まってから数時間。

そろそろ決着しそうな頃合いだが――。

「やはり私の目には、どの精霊も素晴らしく映る」

「もう、マスターはいつもそればかり。いいですか、精霊には己に見合った格というものがあります。優れたマスターの下には当然、優秀な精霊が集まるべきなのです。そう、マスターのような……」

俺がこういうことを言うと、いつもエメラルドが少し拗(す)ねたように言い返してくる。

どうも俺がとんでもなく優秀なマスターだと思い込んでいる節があるんだよなぁ。

たしかに俺は彼女に少しでも釣り合うように努力はしてきたつもりだ。

だが残念ながら、精霊を行使するために必要な才能には恵まれなかった。

それでも勝ち続けることができたのは、エメラルドティアーズという世界最高峰の精霊と出会い、波長が合い、そしてともに在ることを許されたからに他ならない。

それこそが俺こと、平凡な田舎の村から出てきたマスター、『黄昏（たそがれ）の魔王』レオンハートの正体であり、本当に凄いのはこの少女なのである。

「ちなみに、マスターの目にはどの精霊がどう素晴らしく見えるのですか？」

「そうだな……」

俺が他の精霊を褒めたからか、エメラルドが少し意地悪な質問をしてきた。

精霊たちの映っている映像魔法（モニター）を見上げ、彼女たちの姿を目に焼き付ける。

「やはり、いつ見てもいいな」

精霊界にはマナと呼ばれる特殊な力が存在し、精霊たちはこれを吸収することで『生まれ持った本来の力』を取り戻していくと言われていた。

「そして、力を取り戻した精霊たちは己の魂を具現化し身に纏（まと）う」

それが『精霊装束』。

かつて魔物に支配されていた地上を救った神の使いである精霊たちの真の姿。

「美しい……」

精霊装束は精霊のために生まれた美しき衣であり、なによりも彼女たちに似合う。映像魔法(モニター)に映っている精霊たちもそれに漏れず、それぞれ可愛(かわい)く、そして美しい精霊装束で着飾った美人や美少女たちばかり。

つい彼女たちを追いかけるように、視線が右へ左へ目移りしてしまう。

「……ふふっ」

「マスター、なんだか嬉(うれ)しそうですね？」

「……気のせいだ」

思わずにやけそうになるので、顔に力を入れて我慢する。

精霊装束は扇情的なものが多く、しかも映像魔法(モニター)によって際(きわ)どい角度で映し出される。それにより映る太ももや揺れる胸を見ると、どうしても緩んでいやらしい顔になってしまうのだ。

「どの精霊も、潜在的に良い物を持っている」

「潜在的に？　たしかに精霊はマスターとの相性や、精霊大戦を繰り返すことでより強くなりますが……」

「表面的な部分は簡単に見られる。しかしその奥まで見通すことができれば、その精霊たちの本当の姿が見えてくるものだ」

「マスターには……それが見えているのですか？」

「……いや」

くっ、スカートの奥が見えそうで見えない！

あのモニター1もうちょっと頑張れよ！　いける、お前ならいけるって！　なんであんな空中をヒラヒラ動き回ってるのに一番大事なところがギリギリで見えないんだよ！　絶対なんか変な力働いてるだろこれ！　おい神様ぶっ殺すぞ！

「精霊たちの本質を知りたければ、やはり契約するしかない。ただ、そうではなくても、見える部分というものはある」

よしいいぞ！　その角度からなら胸の揺れが良く見える！　モニター2、お前はやればできる奴だ！　それに比べて下から見上げるモニター1！　お前は本当に駄目な奴だな！

やっぱり見えないじゃないか⁉

「見える部分……？」

「ああ。勘違いをしている者が多いが、強くなるには精霊大戦でマナを吸収するだけでなく、日々のトレーニングも繰り返さなければならない」

「それは……そうですが」

「そういった基礎を疎かにせず、ひたすら愚直なまでに鍛えている者は足を見ればだいたいわかる」

モニター3！　いけ！　もっと近づけ！　そうだそこだ！　その太ももをもっとアップにして……ああクソ遠ざかっちまった！　せっかくいい角度だったのに！

「しかし、大した鍛錬もできていない精霊が多く見えますが……？」

「本当にそうか？」

「え？」

「見ろ、あの黒髪の精霊を」

俺が今一番注目しているのは、黒髪を両括りにした可愛いらしい精霊だ。

見た目は少し幼く見えるが、どの精霊よりも『美しい足』をしている。

「あれは一朝一夕で身に付くものではない。自身に過酷な負荷をかけ、努力に努力を重ねた証拠だ」

「……たしかに」

あと見た目がとても可愛い。

基本的に精霊はみんな可愛いし特徴的だが、あの子はその中でも群を抜いていた。

クリッとした優しそうな黒い瞳は、あまり争いごとには向いていなさそうに見える。

それでも斧と大剣の中間のような武器を持って一生懸命戦っている姿は、つい応援したくなる『なにか』があった。

俺は、その目に見えないなにかが重要だと思う。

「……素晴らしい」

黒をベースに緋色のラインが入った、東方民族の衣装に近い精霊装束。

谷間が大胆に見えていて、時折揺れるそれが俺の心を刺激していた。

もしあれで自然のままだというのなら、俺が全力で金を払い、あらゆるプロというプロを呼んでさらに磨き上げなければならない逸材だ！

だからこそ強く思う。

「惜しいな」

「はい……」

あの黒い精霊の動きは、明らかに精彩を欠いていた。

努力はしているが、それが彼女に付いてきていないのがよくわかる。

「本来の力が発揮できていない。だがしかし、あれはマスターが悪いな」

精霊界に入れるのは精霊とその契約者であるマスターだけ。

そしてマスターの役割は、精霊に対して『支援魔法』を使うことだ。

フィジカルブースト、スピードアップといった支援魔法によって、精霊の能力は底上げされ、精霊大戦を有利に進めていくのだが――。

「……まあ、私が言うなという話か」

「マスターの役目は、決して支援魔法だけではありませんよ。だって、私は貴方が信頼して見守ってくれているだけで、どんな魔法よりも力が湧いてくるのですから」

エメラルドはそう言ってくれるが、やはり魔法の力は大きい。

そして俺は、支援魔法が使えない。

正確には一つ使えるが……その魔法を使えば俺の『すべて』が終わってしまうので使えないのだ。

魔法を使う気がない以上、マスターとしてはただの役立たずでしかなかった。

「エメラルド。お前はそう言ってくれるが、マスターの魔力が弱ければ精霊たちも本領を発揮できないのは事実だ。そして私は――」

「少なくとも私は、マスターから支援魔法がなくても負ける気はしませんでした。だって、もっと大切なものを貴方から貰っていたから……」

「………………」

エメラルドティアーズの戦績――全戦全勝。

ただ一度の敗北もなく、俺みたいな弱いマスターでも圧倒的な力を発揮した、まさに最強の精霊と言えるだろう。

「私が負けなかったのは、マスターのおかげですよ」

そんなはずはないのだが、エメラルドは俺の力と言い張り続ける。

なんなんだろうこの子、本当にもう、好きがすぎるんだが。

「実際に、精霊とマスターの相性が良ければ本来に近い力を発揮できると言われているからな。お前のことは誰よりも信頼しているし、間違いではないのかもしれないが……」

だが、普通はマスターの支援があってこその精霊。それができないのであれば――あの黒い精霊少女のように、他の精霊たちに敗北してしまうのだ。

「せめて相性が良ければよかったのだろうが……」

「マスターとの信頼がなければ、どれだけ実力があっても、勝ち目などありえません」

マスターの支援もなく一人で戦っていては、本来の実力など発揮できないだろう。

そのせいで他の精霊たちとまともに戦えておらず、すでにボロボロになっていた。

「倍率は……」

俺は映像魔法(モニター)の横に映っている人気を表す掲示板を見る。

精霊大戦は誰が勝つかを賭ける賭博(とばく)的な部分もあり、それが都市の財源に大きく繋(つな)がってくるのだが――。

「ブラックダイヤモンド、八番人気か」

今戦っている精霊たちは八人。つまり、彼女の人気は最下位ということ。

倍率も一人だけ飛び抜けていて、彼女がこの地方都市ルクセンブルグの精霊大戦において、これまで勝利を得られていない証拠だ。

「可哀想に……良いマスターが付けばきっと、彼女の努力は報われる」

「そうだな。しかし精霊との相性、こればかりは神のみぞ知るものだ」

もしも俺との相性が良ければ手取り足取り、夜のベッドでのやりとりまで、すべてを教えてやるというのに！

精霊大戦の戦略的な話？　それはエメラルドに任せた。だって同じ精霊同士で教えあった方が絶対有意義だし。

「他の精霊たちの質も決して悪くはない。ただマスターの方がどうにもいまいちだな」

「そうですね。とはいえ地方都市であればこれくらいが普通ですよ？　マスターのような歴史に名を残す傑物は、そうそう現れるものではありません」

「私のような者……か」

……いったいエメラルドの中での俺はどんなマスター像となっているのだろうか？　もう何年も一緒にいるが、迂闊に聞くと後が怖くて聞けないのだが。

「……今回の精霊大戦も、そろそろ終わるな」

「はい。人気投票通りの結果になりそうですね」

すでに目を付けていたブラックダイヤモンドは敗北し、光の粒子となって精霊界から追放されていた。

精霊界では精霊とマスターはマナによって構成された精神体（アストラル）となる。

どれだけの攻撃を受けたとしても、負ければこの人間界に帰ってくるだけで死ぬことはない。だがしかし、恐怖はその身に刻まれたことだろう。

もし俺が彼女のマスターだったら、抱きしめて慰めるのに！　そしてその名目で色々とするのに！　あとドサクサに紛れて色々触るのに！

「歯痒（はがゆ）いな……」

「マスターは彼女をスカウトしようと思っているのですか？」

「……いや、今は止（や）めておこう。きっとそのときじゃない」

たしかに俺は精霊ハーレムを求めているが、精霊たちには『他の精霊たちよりも強くなる』という本能がある。

今の弱い彼女が俺と組んで、強くなれるとは思えなかった。

「己の壁は、己でしか崩せない」

「……心に刻んでおきます」

いや、そんな大層なことを言ったわけじゃないので刻まないでくださいエメラルドさん。お前が大切に保管しているノートに俺の名言集みたいな黒歴史語録が書かれているの、知っているんだからな！

前に二ページくらい覗いたら、目が潰れるかと思うほど濃厚な内容に思わず燃やしてしまおうかと思ったくらいなんだぞ！

だからほんと、お願いだからもう止めて許してエメラルド……。

「あ、終わりましたね」

精霊大戦が終了し、最後に立っていたのは紅い炎をまき散らしているアマゾネスボルケーノという精霊だった。

歓喜の声、失望の声、様々な声が響き、賭けに使われた精霊券が飛び交ういつもの光景。

「………」

精霊を賭けに使われること自体は構わないと思う。

ただ最後まで一生懸命戦った精霊たちに対しては、勝っても負けても同様に扱ってあげて欲しいと思うのは、俺のエゴなのだろうか？

「マスター？」

「……なんでもない。今後はしばらく、この街で対戦を観戦しながら考えよう。俺たちはもう、止まることなどできないのだからな」

「はい」

そう、可愛くて気立てがよくて、俺のことを愛してくれるような精霊と出会えるまで、俺は止まらない。

絶対に、作ってみせるぞ精霊ハーレム！

そうしてルクセンブルグでの日々が続く。

この都市にやってきてから俺とエメラルドは何度もコロシアムに足を運び、縦横無尽に飛び交う精霊たちを見続けてきた。

そうしていると、見えてくるものがある。

「おかしい」

「どうかしましたか？」

「あの精霊、ブラックダイヤモンドがだ」

俺の推し精霊であるブラックダイヤモンドは、今日もいつも通り人気投票で最下位。

それ自体は負けているのだから仕方がないとは思うが、毎回マスターが違うというのはおかしな話だ。

普通は本契約を結べていないにしても、二度三度とお互いの相性を見てから決めるもの。

だが彼女は一度だけ組むと、次の戦いでは別のマスターと組んで戦っている。

「戦略を練ることも、お互いの信頼関係を築くこともできぬままで勝てるはずもない」

精霊の本当の力を発揮させるには信頼関係も重要だ。

だからこそ、より上位の精霊使いたちは何年も精霊と共に在る者ばかり。

当たり前の話だが、たった一度だけ組んだからといって信頼関係を築けるはずもない。

徐々にお互いのことを理解し合っていって、初めて本当の強さを発揮できるのだ。

そしてそんなことは、精霊使いであれば誰でも知っているはずだが……。

「ここにいるマスターたちは、そこまで無能なのでしょうか？」

「いや、たしかに未熟だがいくらなんでもおかしすぎる……なにか別の力が働いているかもしれんな」

映像魔法（モニター）の中の彼女はすでにボロボロだ。

美しいはずの精霊装束も至るところが破れ、扇情的な格好になっていた。

それはきっと、男にとって垂涎（すいぜん）モノの光景だろう……本来なら。

「なぜ人は精霊を見て――」

──興奮できないのだろうか？

もし俺がブラックダイヤモンドの服をベッドの上で破るというシチュエーションになったら、間違いなく興奮するというのに。

「いや、そういう話ではなくて……」

あれは攻撃をされて痛めつけられた後の姿。いくら俺でも、傷付いて泣いている少女を見て悦に入るような男ではないというだけで……俺は誰に言い訳をしているのだ？

「ブラックダイヤモンドはまた負けましたね。これで五戦全敗。それどころか、ただ一人の精霊すら倒せずに、いつも最初に退場しています」

「弱い、というのはたしかに狙われる理由になるだろう。だがしかし、これまで見てきた限り、実力自体はそこまで極端に低いわけではない。むしろ私の目には……」

「おうおう。アンタら中々面白い話をしてるじゃねえか」

「む？」

俺たちの会話に割り込むように、一人の男が声をかけてきた。

スキンヘッドに顔には一文字の傷。明らかに裏稼業の人間ですやばい超怖い。

「何者ですか？」

そんなビビッている俺を守るように、エメラルドが前に出る。

やだこの子、超イケメン。思わず心臓がキュンとなったわ。

「おっと悪いな。アンタらがあの子の話をしてるから、つい割り込んじまった」

「あの子、というとブラックダイヤモンドのことですね？」

「ああ。俺はあの子のファンでな。いつも応援をしてきたが、不憫で仕方がねぇ」

「ふむ……」

どうやら怖いのは見た目だけで、実は良いやつらしい。

精霊が好きな人類みな兄弟。たとえ見た目が怖かろうと、心にはきっと俺と同じ想いを秘めているに違いない。

実際、ブラックダイヤモンドを想う気持ちは本物だと思う。じゃないとこの男、ただのロリコン変態ハゲ野郎である。

「それで、ブラックダイヤモンドについて話があるということだが？」

危害を加える気はないことがわかったので、エメラルドの前に出る。

「おう、実はあの子は孤児院出身なんだが、その孤児院が取り壊されそうなんだ。それで領主の野郎に壊されたくなければ、精霊大戦に出て負け続けろって言われててよ」

「なんだと？」

スキンヘッドの男はガルハンと名乗り、そのまま話を続けていく。

精霊というのは基本的に人間から生まれてくる存在だ。

しかし生まれてくる子どもが人間か精霊か、それは神のみぞ知るところ。

自分の子どもが『人間じゃない』という理由で精霊を捨てる親は多くいる。

そのため、エメラルドを含め孤児院出身の精霊というのは珍しい話ではなかった。

「ルクセンブルグの領主、正確にはその息子の野郎がブラックダイヤモンドに取引を持ち掛けやがったんだ」

彼女か、他の孤児精霊の誰かがこの精霊大戦に出て『負ける役』を担えという話だった。

「意味がわからないな。精霊を育てる孤児院は領地にとっては重要な施設だ。なのに、領主はなんのためにそんなことをする？」

「嫌がらせだよ……あのブラックダイヤモンドっつー精霊はな、領主の娘なんだ」

「なに？」

「領主が手を付けたメイドが生んだ子。つまり、今の領主の息子とは異母兄妹っつーわけだ。それがどうしても認められないいんだってよ」

「なんだそれは……」

理不尽などという言葉では言い表せないほどの仕打ち。

生まれて間もなく母からは娘として認めてもらえず、父には見捨てられ、異母兄からは徹底した嫌がらせを受ける。

「あの子と契約するマスターも、この街にはもういやしねぇ。だから毎回、旅のマスターが仮契約をして参加するんだが、当然勝っちゃいけないから契約までは繋がらねぇ」

「…………」

「そんで負けたら領主の息子自ら説明するんだよ。こいつはわざと負けてるってな。そりゃマスター側も怒るし、契約は破棄されるって仕組みさ。あの子は領主のクソガキがあざ笑うためだけに、こうして大舞台に立たされてんだよ」

「……許せません」

普段は温厚であまり表情に出ないエメラルドが、ふつふつと怒りを隠せない様子だった。

そしてその気持ちは痛いほどよくわかる。

精霊たちは他の精霊よりも強くならなければならないという意識がある。これは本能レベルの話であり、呼吸をするのと同じようなものだ。

だというのに、そんな精霊に対してわざと負けろだと？　それはある意味、死ねと言っているのと同義である。

「なぜお前はそんなことを知っている？」

この街の裏事情を話す男。

すべてを鵜呑みにするわけにはいかず、むしろ怪しいと思うくらいだ。

「あの孤児院から追い出す役目を担ってるのが、俺だからだ」

瞬間、エメラルドからとてつもない殺気が放たれて、飛び出そうとする。

「止めろエメラルド！」

「っ――！　で、ですが！」

「お前の気持ちはよくわかる。だが私は止めろと言ったぞ？」

「……はい」

素直に従ってくれる彼女に、申し訳なく思う。

だがしかし、この男が話した内容が本当だとしたら、なにかしらの理由があったはずだ。

「なぜ、こんな話を私たちにした？」

「あの子が不憫すぎるからだよ。俺はたしかに人として最底辺なクソ野郎だが、それでも家族のためにいつもボロボロになってまで戦ってるあの子を見て、なんとも思わねぇほど落ちぶれちゃいねぇ」

ガルハンは覚悟を決めたような顔をする。この話を誰かにした以上、死ぬ覚悟はできているのだろう。

実際、俺たちが領主に報告すればきっと、翌日にはこの街にいられないか川にでも流されているに違いない。

「私たちは流浪（るろう）のマスターと精霊だぞ？」

「ここ最近毎日精霊大戦を見てただろ？　悪いとは思ったが会話を何度も聞かせてもらった。んで、アンタらなら信頼できると思ったんだよ。あの子を逃がす役割としてな」

「ふむ……」

逃がす、ということはこの街からか。

領主に睨（にら）まれている以上、ブラックダイヤモンドは勝つことはできない。

万が一勝ってしまえば、孤児院が取り壊されてしまうから。

「それに、その漆黒のロングコート」

「ん？」

「昔、アンタみたいな格好をしたすげぇマスターがいたんだ。そいつはまるで、物語に出てくる魔王みたいに精霊を使役して、素人（しろうと）ながらにすげぇって思ったもんだ」

ガルハンは笑いながら、アンタみたいに銀髪じゃなかったしサングラスも付けてなかったけどな、と付け加える。

「まあ世間的には、最強の精霊と契約したにもかかわらず最高の舞台から逃げた弱虫野郎ってなっちまったが……あの日見た光景は忘れられねぇ。憧れたんだよ、男として」

「それ以来すっかり精霊大戦に嵌っちまった。こんな仕事をしてる俺が、笑えるだろ？」

「……そんなことはない。男なら、それを見て憧れないやつはいないだろう」

というかそれ、俺のことだろ絶対！　ガルハンこいつ顔は怖いけど超いいやつじゃん！

あの日以来、色んな噂が流れるようになったから変装のために髪の毛の色を銀髪にして、目立つ金眼はサングラスで隠すようにしたから気付かれてないが、俺のことだよそれ！

いやー、照れるね。できれば可愛い精霊たちにそう言ってもらいたかったけど、こんなイカツイ禿頭に言われても嬉しくなっちゃうのは仕方ないよね。人間だもの！

それに当時のエメラルドも髪はセミロングくらいだったのだが、今は長くしているから気付かれていないらしい。

しかし五年も経ってなお、このコート姿から昔の俺を連想させるとは思わなかったな。

この格好はエメラルドがどうしてもって言うからずっとしているだけで俺の趣味じゃないんだけど、まあいいか。

「しかし駄目だな」

「……そうか。それじゃあ仕方ねぇな」

諦めたような顔をするガルハン。しかし勘違いをしてもらっては困る。

「逃げるなどという、中途半端なことをする気はない」

「……あん？」

「敵は徹底的に叩き潰す。もう二度と逆らう気が起きないくらいにな」

なにせ俺は『黄昏の魔王』らしいからな。なら魔王らしく、やってやろうじゃないか。

「あ、あんた……？」

突然雰囲気の変わった俺に、ガルハンが驚いた様子を見せる。

この男はこれから先の情報を得るうえで必要だ。

「エメラルド、いいな？」

「マスターの御心のままに」

この五年間、決して遊んでいたわけではない。

再びあの舞台を目指すために、俺たちは雌伏のときを過ごしてきたのだ。

「いくぞ。再び夢を魅せるために」

「はい！」

そうして俺はエメラルドとガルハンを連れて、コロシアムを出る。

待っていろよ領主の息子とかいうクソ野郎。

可愛い精霊の女の子を虐めるやつは、全員俺の敵だからな！

第二章 ブラックダイヤモンド

ガルハンに案内された俺たちはブラックダイヤモンドが育った孤児院に来ていた。

見た目は少し小さな教会をイメージした形。

ここできっと、精霊とはかくあるべきだということを教え込んでいるのだろう。

「似ているな。エメラルドが育った孤児院と」

「はい。精霊が預けられるような孤児院は、精霊教会が管理していますから……」

「自然と同じ作りになる……か」

周囲には自然豊かな木々に囲まれて、子どもが遊べるような遊具もたくさんある。

幼い精霊と子どもが一緒になって遊ぶ様は、見ていて心が温かくなる光景に違いない。

しかし、幼い頃から精霊たちを育てるとなると、悪い男がいたりはしないのだろうか？

こう、いたいけな少女たちを自分の都合の良いように育てて「パパ大好き！」とか言わせてさ、そのまま大きくなったら美味しく頂いてやるぜとかいうやつ……いや、そういうシチュエーションも——。

「悪くないな」

「そうですね。私もこの孤児院を見ていると懐かしい気持ちになりますし、教会をモチーフにした作りは嫌いじゃないです」

「……ああ」

あっぷねぇぇぇ！

ぽろっと零れた言葉に反応されて一瞬焦ったが、会話の流れ的にセーフだったらしい。

本気で思うが俺、この子に軽蔑されたらもう生きていけん！　絶対にこの本性だけは隠し通さねば！

「さて、とりあえずガルハンには外で待機してもらうとして……」

「まあ仕方ねぇわな。俺が行ったらあそこにいるガキども泣き叫んじまうし」

「精霊泣かしたら殺す」

「だからそうならないように離れるっつってんだろ！　怖ぇよアンタ！」

見た目もやってることも裏稼業のくせに俺なんかにビビるなよ。

とはいえ、俺も人のことを言えない見た目をしているか。

銀髪に黒いサングラス、それに黒のロングコートとか完全に裏稼業のヤバイやつだし。

この格好って本当に大丈夫なのかな？

「……エメラルド、私のこの格好、どう思う？」

「とても素敵ですマスター！」

「そ、そうか……」

普段は淡々と喋るエメラルドが食い気味にそう言うのだから、大丈夫か？

「とりあえずエメラルドが最初に入ってくれ。精霊教会が管轄している孤児院なら、精霊が先に入った方が安心するだろう」

「はい。それでは行ってきますね」

そう言ってエメラルドが教会の呼び鈴を鳴らして中に入った。

すでにガラハンも離れたので、俺は一人で手持ち無沙汰になってしまうな。

「あの……ここになにかご用ですか？」

「ん？」

背後から声をかけられたので振り返る。

するとそこには見覚えのある黒髪の少女――ブラックダイヤモンドが立っていた。

「おお……」

「な、なんですか……？」

可愛い……可愛いぞ！　映像では何度も見ていたが、生のブラックダイヤモンドは超可愛い！　なんだこの可愛い生き物は⁉

スカートからスラッと伸びた白磁のように美しい足！

服の上からでもはっきりわかる二つの双丘！

クリッとした瞳はとても愛らしく、太陽の光を反射して輝く漆黒の黒髪を両括りにしていて、未成熟さを表しながらも身体は大人というこの矛盾！

手を出していいギリギリの年齢。そして手を出してはいけないのではないかというこの背徳感が俺を惑わせてきて、俺の心と身体を滾らせる！

精霊装束と同じ、黒を基調とした中に紅いラインの入った服も良く似合っていて……。

完璧だ！　パーフェクトだ！　エクセレーント！

く、なんて精霊だ！　このままでは俺は、俺はぁぁぁ！

「あ、あの！　今日もボク、ちゃんと負けましたから！　だから、だからこの孤児院には手を出さないでください！」

「…………」

「ちゃんと負けます！　これからも負けます！　みんなに馬鹿にされてもいいし、罵倒されても大丈夫！　貴方たちが望むようになんでもしますから、だから、だから！」

ふぅ……まったく。

涙を流しながら懇願する姿は、あまり見ていて気持ちがいいものじゃないな。

せっかく心の中がハイテンションになってウキウキしていたのに、これでは台無しだ。

これは困った。俺が愛した精霊たちはいつでも笑顔でいてくれないと。

「なにを勘違いしている」

「……え？」

「私は領主の関係者ではないぞ」

「え、えと……」

俺の言葉に戸惑った様子。

うん、こんな顔も可愛い。あとは俺に笑いかけてくれればパーフェクトだ。

「私はお前のことをずっと見ていた」

「え？　ぼ、ボクを？」

「ああ……ゆえに、スカウトに来たのだ」

「……え？」

「誰かのために戦い、不滅の輝きを放つお前の姿はこんなところで埋もれていていい原石ではない。最強の頂きを目指すため、私とともに来て欲しい。ブラックダイヤモンドよ」

「え？　えええええ⁉」

驚く顔も可愛いじゃないかぁぁぁ！

会話すらする前にいきなりスカウトを始めた俺だが、先ほど言った内容はすべて本音だから仕方なし！　というかもうこれは運命！　俺とブラックダイヤモンドを結ぶ紅い糸は何人たりとも切ることなどできないのだ！

「マスター！　打合せと違うじゃないですか！」

「む……エメラルドか。仕方がなかったのだ」

「もう！　せっかく孤児院のシスターから中に入る許可を得られたのに！」

基本的に俺のやることを全肯定してくれるエメラルドだが、今は少し怒った様子。

多分、俺が他の精霊に対して褒めているから嫉妬しているのだ。

ふ、可愛いじゃないか。

「そう怒るな」

「怒っていません！」

これが精霊としてじゃなくて女の子としてだったらとても嬉しいのだが、この辺りの線引きはしっかりしている子なので、恋とか愛とかいう話ではないのが残念なところである。

「え、えーと……」

ちょっと怒っているエメラルドも可愛いしずっと見ていたいのだが、今は突然の出来事に戸惑っているブラックダイヤモンドが優先だろう。

「先ほど話した通りだ。私はお前を契約精霊としてスカウトしにきた」

「う、嘘だよ……だってボク弱いし、負けてるだけだし……」

「それはお前の魅力をすべて引き出せなかった者たちが悪いだけだ。私の瞳には、お前はどんな宝石にも負けない強い魂の輝きを秘めていた。それこそ、王都で戦っているトップクラスの精霊たちと比較してもな」

そう、彼女は俺が見てきた精霊たちの中でもトップクラスの可愛さと魅力を秘めていた。数多の精霊たちと戦って来た俺が言うんだから間違いない！

それに多分……これは自信ないけど、この子の潜在能力は……。

「で、でもボクは――！」

「この街の領主に睨まれてる、か？」

「な、なんで知って……」

「口が軽くて顔が怖い、お節介な禿男がいてな。事情はすべて聞かせてもらった。そして、そのうえで言ってやろう」

――私は、お前が欲しい。

「あ……」

「私の物に手を出そうとする愚か者はすべて叩き潰してやる。だから私の手を取れブラックダイヤモンド。そうすれば、誰も見たことのない高みまでお前を連れて行ってやる！」

ブラックダイヤモンドは震えながら、それでもゆっくりと手を伸ばしてきた。

彼女の柔らかそうな手が俺と触れあう、その瞬間――

「おいおい、なにやっているんだいこの屑鉄（くずてつ）。お前みたいな残りカスの雑魚（ざこ）精霊が強くなんてなれるわけないだろ？」

「ひっ――！」

突然現れた闖入（ちんにゅう）者の声に驚いたブラックダイヤモンドが、慌てた様子で手を引っ込める。

声のした方を見ると、こちらを馬鹿にしたように見下した笑みを浮かべた金髪の優男（やさおとこ）が立っていた。

そして俺は視線をブラックダイヤモンドの手に移す。

せっかくこのスベスベな手を合法的にニギニギできるチャンスだったのに……。

「……許さん」

コイツ、ゼッタイ、ブッコロス……！

「おい屑鉄。まさか僕に逆らおうってんじゃないよなぁ？」

「そ、そんなこと――!?」

ブラックダイヤモンドがこちらを見て否定の言葉を紡ごうとする。

「やっぱり貴方も……」

それと同時に、彼女は俺に向かって疑いの眼差しを向けてきた。

どうやらこのタイミングでやってきたあのゴミ屑野郎と俺が仲間で、彼女を嵌めようとしているとでも勘違いしたらしい。

そんな瞳も可愛いが、だからと言って嬉しいかと言われたら超嬉しいが、もう抱きしめたいくらい愛おしいが！

それでも駄目だ！　あのゴミ屑野郎ぶっ殺す！

「この孤児院、いい加減ボロくなってるし、景観も悪いんだよなぁ。なあ屑鉄、こんなゴミみたいな場所、壊した方がいいと思わないかい？」

「っ――！　ごめんなさい！　ごめんなさい！　なんでもするからそれだけは！　ボク、ちゃんと言うこと聞いて負けますから！」

必死に縋るブラックダイヤモンド。そしてそんな彼女を嘲笑うゴミ屑野郎。

……なんて最低な光景だろう。

心の奥底から沸々と湧いて来るこの感情を、俺は知っていた。

そう……これは『怒り』だ。

「ふん、そんなのは当たり前なんだよ。しかし今なんでもするって言ったか？　ははは、だったら次の試合は裸で会場入りでもするか？」

「ひっ――!?」

「お前みたいな精霊の裸なんて誰も見たくないだろうけど、遊びとしては悪くないかもね。く、くくく……あーはっはっは」

「おい……」

汚らしい瞳と声で至高の精霊である彼女を汚した罪――。

「うん？　なんだい平民。僕はこの大都市ルクセンブルグの領主の息子で――」

「とりあえず、死んで償え！」

「ブベラッ!?」

俺は問答無用でこのゴミ屑野郎をぶん殴る。

精霊たちのマスターとして、どんな障害でも叩きのめせるように鍛えてきたこの肉体、こんなヒョロヒョロな軟弱者など簡単に吹き飛ばせるのだ。

「……え？」

ブラックダイヤモンドはなにが起きたのかわからないのか、宝石のような瞳を丸くして驚いている。

そんな表情も最高に可愛い。この子の裸とか地下労働が決まるくらい大量の借金をしてでも見たいに決まってんだろうが舐めんなよ！

そんな彼女をまじまじといつまでも永遠に見つめ続けたいところではあるが、その前にまずはこの男の処分が優先だろう。

「が、あ……あ？」

頬に手を当てて驚きながら俺を見ているが、汚い瞳でこっち見るな気持ち悪い。

「ふん……それで、なんだったか？　私はゴミです。生きてる価値などないから処分してください、だったか？」

「お、おま……お前ぇ！　僕が誰だかわかってるのか⁉　この都市の領主の息子で――」

「その臭い息をこっちにまき散らすな」

「ブベェ！」

再び顔を殴り飛ばす。まったく鍛えていないその身体は面白いくらい吹き飛んだ。

そもそも、こいつの言葉など聞いていない。

重要なのは俺とブラックダイヤモンドとの大切な触れ合いを邪魔したこと。だから殴る、それだけだ。

「ブラックダイヤモンド、大丈夫だったか？」

「え？　あ、いや……あの？」

俺の背中越しで彼女が困惑しているのがよくわかる。

本当はちゃんと振り向いて優しく抱きしめてやりたいところだが、さすがに敵を目の前にしてよそ見はできそうにない。

「先ほども言ったが、お前に手を出そうとする愚か者は、私がすべて叩き潰してやる。だから私の手を取れブラックダイヤモンド」

「で、でも……ボクが我儘（わがまま）を言ったら、孤児院にはまだ幼い精霊も多いし……」

いきなりたくさんの出来事が起きすぎて、彼女の頭も混乱しているのだろう。

それに、問題は相当根強いらしい。

ブラックダイヤモンドは倒れているゴミ屑を見て、孤児院を見て、そして俺の背中を見て悩んでいる様子だ。

やはりここは元凶であるゴミ屑にはこの世から退場してもらうしかないらしい。

そう思って近づこうと一歩踏み出すと、いつの間にかあの男を守るように立ち塞がる紅（あか）い髪の女性がいた。

腰まで伸びた紅く燃えるような髪に、他者をすべて叩き潰そうという激烈な意思。

それを全方位にまき散らし、こちらに敵意を向けているこの女性は——。

「……見覚えがあるな」

「アマゾネスボルケーノさん……」

ブラックダイヤモンドが呟くその名は、この都市における最強の精霊の名前だ。

鍛え上げられた筋肉は無駄一つなく、俺のようななんちゃって筋肉とは大違いである。

「……まるで歴戦の勇士だな」

敵に向けるその視線は苛烈そのもの。

古のアマゾネスを彷彿させる褐色の肌は太陽光を反射させてとても美しい。

黒いビキニタイプの服を着て、煌びやかに映るその肉体はまさに眼福ものである。

エメラルドのようなスレンダーな身体とは違うが、引き締まった素晴らしい肉体美。

思い切りダイブしたい衝動に駆られてしまうのも仕方がない。そう、仕方がないのだ！

「ふ、ははは！　どうした声も出ないのか⁉　いきなり問答無用に殴ってきやがって！

こいつがいる限り、僕は無敵なんだよ！」

「………………」

アマゾネスボルケーノという強い用心棒を得たからか、ゴミ屑が調子に乗り始めた。

こういうやつは一度徹底的に叩きのめして二度と朝日を拝めないようにしてやりたいところであるが、さすがに精霊が相手では勝ち目はない。

「マスター。ここは私が」

「いや、エメラルド。お前はまだ出なくてもいい」

「……はい」

俺は一歩、二歩と前に進む。その行動に、エメラルド以外の全員が驚き目を剝いている。

「お、おい⁉　なんでこっちに来るんだよ！」

「なんでだと？　向かわなければ、お前を殴れないだろう？」

「ふ、ふざけるな！　これ以上近づいたらボルケーノに攻撃させるからな！　マスターの指示だったら精霊だって人にも攻撃できるのを、知らないわけじゃないだろ⁉」

「ああ……良く知っているさ」

精霊は人とは違う。

かつて魔王が現れ、人の太刀打ちできないレベルの魔物が世界に溢れた暗黒時代。

彼女たちはそんな魔物と戦って勝利し、世界を平和に導いた存在だ。

「強き力で人類を守る守護者であり……」

慈悲深い心で人々を癒す天使。

だから、こんな風に誰かを傷つけるために利用するなど、許していい訳がない。

なにより、そんな彼女たちが命令とはいえ人間に攻撃できるはずがないのだ！

「な、なんだよお前っ——!?　くそ、ボルケーノ、やっちまえ！」

俺が前に進んだことで恐れたのだろう。ゴミ屑がアマゾネスボルケーノに指示を出す。

瞬間、とてつもない殺気と共に彼女の剛腕が俺を叩き潰そうと迫った。

見た目はパワータイプで少しスピードに難がありそうだが、実際は普通の人間では反応することが難しいほどの速度。

こんな攻撃が当たれば、人間なんてひとたまりもないに違いない。

まあだけど大丈夫。俺にはエメラルドがいる。

こういうとき彼女は俺をいつも守ってくれて……ところでエメラルドさん？　結構遠くにいるみたいだけど、その位置だと間に合わなくない？

「おおおおおおお！」

迫るアマゾネスボルケーノの拳。

なんか「ご主人様なら大丈夫」とか信頼した瞳でこっちを見ながら一歩も動く気配のないエメラルド。

……あ、俺死んだこれ。

「に、逃げてー！」

ブラックダイヤモンドが叫ぶ。だが精霊の動きを人間が見切れるわけもなく、逃げるにはもう遅すぎた。

い、いやだー！　まだ俺は精霊ハーレム作ってない！　イチャイチャしたい！　エチエチしたい！　死にたくなーい！

そう心の中で叫びながら絶望した俺に攻撃が当たる瞬間――。

「すげぇなアンタ」

アマゾネスボルケーノの腕がピタリと止まる。そしてマジマジとこちらを見ていた。

「アタイの攻撃を目の前にして眉一つ動かさないたぁ……なんて胆力だ」

「……ぐ、なんなんだよお前！　そりゃあ当てたら殺しちゃうから当てないさ！　だけど普通、精霊の攻撃が目の前に迫ったらビビッて情けない姿を見せるだろ⁉　なんでそんな余裕なんだよ！」

完全にビビッて固まっていた俺に対して、アマゾネスボルケーノとゴミ屑野郎がなんか言っている。

「ふっ……」

正直なにが起きたのか理解してないが、とりあえず自信ありげに笑っておこう。

これまでの経験上、だいたいこれで解決することを俺は知っているのだ。

――まあ、これすると後でなにかしら厄介ごとが起きるのだが。

それはまた明日の俺に任せよう。いつもそれで上手くいくし。

とりあえず今がチャンスと思い、驚いているアマゾネスボルケーノの腕に優しく触れる。

「っ――!?」

「素晴らしい動きだが、私のような人間相手にそんな大きく動く必要はないな」

うむ、常に鍛錬を続けてきたからこそのこの硬さ、実に素晴らしい！

本当はこのまま彼女の全身の筋肉という筋肉をすべて堪能したいところではあるが、残念ながら俺たちは敵対関係。このままいつまでも触らせてはくれないだろう。

現に最初は呆気に取られていた彼女は、慌てたように後ろに下がり、そして不審者を見る目でこちらを睨んでくる。

待って欲しい、何故そんな目をするんだ!?

たしかにちょっと触ったがこんなのコミュニケーションの一環だろう!?　決してやましい気持ちで触れていたわけじゃないんだ！

「……このアタイに、そんなことを言う人間は初めてだよ」

どうやらこれ以上こちらに危害を加える気はないらしい。

「いついかなるときでも冷静さを失わない……さすがです」

「いったいなにを言っているのかわからないな」

「ふふ。相変わらずマスターはとぼけるのが上手ですね」

いや、とぼけてるわけじゃなくて本当にわからないんだけど……。

俺が追及するより早く、エメラルドが額にかいた汗を白いハンカチで拭ってくれる。

ときどき触れる彼女の柔らかい指が気持ちよく、俺は昇天しそうな勢いだった。

なにより近くで微笑(ほほえ)んでくれる彼女を見るだけで、ご飯が何杯でもいけてしまう。

ああ、エメラルド可愛(かわい)いよ本当に。このまま抱き寄せて綺麗(きれい)な髪の毛をさわさわしたい。

もう細かいこととかどうでもいいや。

「……なんなんだいアンタたち」

俺たちの態度にアマゾネスボルケーノはやや困惑した表情だ。

ただどうやら、彼女もこれ以上騒ぎを大きくするつもりはないらしい。

俺も殴って満足したし、それよりこのままエメラルドとイチャイチャしたい。

「さて……」

とはいえ、まだ問題はなにも解決していない。

ブラックダイヤモンドと孤児院のことを放置し、自分の欲望だけを解き放つのはさすがに申し訳なさが先に来るのだ。

……やはり、こいつを処分するのが先か？

「この男、なんつー目で見てやがる!?　おい坊主、こいつは危険だ！」

「な、な、な……」

「ちっ！　完全に萎縮しやがって！」

なにか騒がしい彼らからいったん視線を外し、ブラックダイヤモンドを見る。彼女はまだ事態を把握しきれていないらしい。

一刻も早く彼女をヨシヨシして慰めたいところであるが、とりあえずこちらを睨んでいるゴミ屑をどうにかしないと。

「おいそこの貴様」

「き、貴様!?　だから僕はこの街の領主の息子でザッコスって名前が――」

「喝！」

「ひゃ――!?」

俺の一喝に周囲の木々が揺れた、様な気がするが多分気のせいだ。

だがこの場にいる全員が、驚愕した様子で俺を見た。

「お前も精霊使いなら姑息な手段を使わず、精霊大戦で決着を付けようという意地はないのか！　精霊使いの名が泣くぞ！」

「お、お前が先に殴って来たんだろ！」

「貴様はブラックダイヤモンドを泣かした。殴る理由などそれだけで十分だ」

「こいつ言ってることがめちゃくちゃだ⁉」

ゴミ屑がなにかを言っているが、お互い譲れないものがあるなら精霊使いらしく、戦って決めるべきだろう。

俺はこのゴミ屑に背を向けて、少し怯えた様子の可愛い精霊のところに向かう。

「ブラックダイヤモンド」

「ひゃぁ⁉　は、はい！」

「もう一度だけ言おう。お前を救ってみせる。だから、この手を取ってくれないか？」

そうして俺は再び手を伸ばす。

「……あ」

「私なら、お前が知らない世界を見せてやることができる。そして、お前を縛っているすべての鎖を、引きちぎってやれる。だから――」

俺はそれ以上なにも言わない。ただ黙って手を差し伸べるだけ。

「……あ、あぁぁ……あなたは、ボクを、助けて……くれる、の？」

「ああ」

「う、わ、ぁ……」

少女の瞳から涙がぼろぼろと零れ、思い切り抱き着いてきた。

「助けて……ボクを、孤児院のみんなを、助けて！」
オ、オオオ、オオオオオオオオオオオオオオオオオオオオ！！！！！
ヤァワァラァケエエエエエエエ‼‼

カァワァァァァァァァァイイイイイイイイイ！！！！

その柔らかい身体を堪能しつつ、俺は心の中で大喝采を上げていた。それでいて、彼女の身体を壊さないように優しく抱きしめ――。

「任せておけ。私がお前を、遥か高みまで導いてやる」

決まった！　完璧だ！　格好いい俺、パーフェクト！

ゴミ屑を無視して、俺は全力でブラックダイヤモンドの身体を堪能する。

「そ、それがお前の選択なんだな屑鉄⁉」

「っ――⁉」

「だったら……僕の言うことを聞かないなら、この孤児院も全部ぶっ壊してやる！」

ゴミ屑の言葉に、『俺の』ブラックダイヤモンドの身体が緊張で硬直する。

そんな彼女を安心させるように、少しだけ力を込めて抱きしめた。

「大丈夫だ」

「お前が怖いというなら、何度でも抱きしめよう。お前が助けてというなら、何度でも助けよう。だから安心するがいいブラックダイヤモンド。お前が私を選んだことを、絶対に後悔させない」

「……は、はい」

先ほどまで泣いていたからか真っ赤に染まった赤い瞳で見上げてくる彼女はとても艶があり、正直俺の心臓はバクバクだ。

しかも改めて気付くが、彼女はロリっぽい顔立ちの割に胸が大きい！　服の上からでもはっきりわかるこの感触、とても柔らかい！

こ、これ以上は不味いぞ！　俺のハートが爆発していろんなところに血流が！

名残惜しいがこれ以上は俺がもたないので、彼女の身体をそっと放す。

「あ……」

「とりあえず、ここは私に任せておけ」

そうして俺は心を鎮めるためにゴミ屑と向き合う。

この男、さっきからなんか喚いていたが、正直ブラックダイヤモンドの身体を堪能することに集中しすぎてなに言ってるかわからなかった。

「――いいか！　お前は絶対に叩きのめす！　先に啖呵を切ったのはお前だからな！　今

度の精霊大戦で、絶対に辱めてやる！」

「……もし私が勝ったら、今後二度とブラックダイヤモンドや孤児院に手を出すな」

「はっ！　いいだろう！　お前みたいなやつに負けるわけないけどね！」

　よし、正直前後の内容はあんまり理解してないが、とりあえず必要な言質は取ったぞ。これで後は勝つだけだ。

　そうして日時を指定したゴミ屑はアマゾネスボルケーノを連れて去っていく。

　気になるのは、俺を得体のしれないものを見る目で見ていることくらいだが……まあいつものことか。

「さあブラックダイヤモンド。当面の脅威は去った。あとはお前を身請けするために、教会から許可を貰いたい。いいな？」

「あ……はい」

　色々と邪魔が入ったせいで時間はかかったが、これでようやく当初の目的通りだ。

　俺の精霊ハーレムを作るための第一歩を、ようやく踏み出したぞ！

「マスター、嬉しそうですね」

「ああ。とてもな」

　そんな俺に向けて微笑んでくれるエメラルド、マジ天使。愛してる。

そうして俺たちは『三人』で、教会に向かって行くのであった。

ブラックダイヤモンドと俺は抱きしめ合い、お互いの愛を確かめ合った……はず。

もう俺は彼女にメロメロだし、彼女も俺なしでは生きられない身体になった……はず。

「というわけで、ブラックダイヤモンドをもらい受けたい」

「ええと……というわけでと言われましても……」

ゴミ屑野郎を追い返してブラックダイヤモンドと心を交わし合った俺は、彼女を身請けするため孤児院のシスターへ挨拶する。

いわゆる金髪清楚(せいそ)系と言われる感じのシスターだ。超絶美人ぞろいの精霊たちと比べれば全然だが、多分まあまあ美人。

スタイルもそこそこ良いらしく、かなり大きな胸に太もものところにスリットが入っていてちょっとエロい格好だ。

教会のシスターといえば聖職者であるはずなのに、なぜ彼女たちの正装であるシスター服はこうもエロいのだろうか？

もしエメラルドやブラックダイヤモンドたちがこの格好をしていたら、俺は一瞬でも見落とさないために瞬(まばた)きせずにガン見し続ける自信があるぞ。

ふう……彼女が人間のシスターで良かった。

もし精霊たちが着ていたら、俺は理性という名の枷を解き放ち、新人類へと進化していたところだろう。

「ダイヤちゃんは私たちの家族なので、正直信用できる人でないと、その……」

「なるほど。私は信用に値しないと」

「貴方がどのようなお考えでいるのか、それがわからないのです」

すみません。精霊たちがシスター服を着たら超エロイとか考えててすみません。

「孤児院の他の子たちもダイヤちゃんのことを慕っていますし……私も娘のように思っています」

どうやら彼女は心の底からブラックダイヤモンドのことを心配しているらしい。

俺の格好は正直ちょっと裏稼業っぽいこともあって戦々恐々といった様子だが、それでも我が子を守ろうとする姿勢は素晴らしい。

やはりブラックダイヤモンドのような心優しく清らかで強く素晴らしい精霊を育てた親だけあって、俺の中のシスターの好感度は爆上がりである。

エロい服着ている人とか思っててすみません。

「マスターは素晴らしい人ですよ。この方と契約できる精霊は、世界一の幸運です」

「ええっと……」

「エメラルド、シスターが困惑しているから少し下がっていなさい」

「はい……」

普段は気立ての良い嫁のようなエメラルドなのだが、どうにも俺のことに関しては少しタガが外れるときがある。

そのせいでシスターも困った表情を深めてしまっていた。

「シスターよ。貴方がこの子を大切に思う気持ちはよくわかる」

なにせ俺も同じ気持ちだからなぁ！

ああ、さっきの抱きしめた感触を思い出しただけで俺は何度でも滾(たぎ)ってしまう！

収まれ俺の心！　俺の身体！　今ここで滾ってしまうと色々と台無しだ！　なにがとは言わないが！　ナニがとは言わないが！

「この子は弱い精霊なんです。だから――」

「この子はとても強い精霊だ」

「……え？」

「本来、精霊というのは他の精霊たちよりも強くなることを、一番になることを目指すものだ。これは個人の問題ではなく、生まれつき刻まれた本能でもある」

精霊は生まれつき強い闘争本能を持ち、己が強くなるためにより強いマスターを求める傾向にあるものだ。

そして——その闘争本能は人間が呼吸をするのと同じように、精霊が生きる上で当たり前であり、普通なら『負けるために戦う』などできないはずだった。

「この本能に抗(あらが)える精霊などほとんどいない。だがしかし、ブラックダイヤモンドはそんな『精霊の本能』に抗って、この孤児院を『守るため』、他の精霊たちに敗北することを『選んだ』のだ」

「あ……」

「これを強さと呼ばず、なんと呼ぶ？」

たしかにあのコロシアムで見たブラックダイヤモンドは弱かった。

しかし俺の目には、どの精霊たちよりも強く、美しく輝いていたのだ。

それこそ彼女の名にある通り、ダイヤモンドの輝きを俺は見た。

「わかるかシスター？　この子は決して守られるだけのか弱い存在ではない。それどころか、いずれはすべてを守る金剛の盾となることだろう」

「……ダイヤちゃん」

俺の後ろでずっと黙り込んでいたブラックダイヤモンド。

彼女はシスターに呼ばれて前に出る。

「シスター……マスターさんがボクたちを助けてくれるって。真っすぐ視線を逸らさないで、迷いもなくそう言ってくれたんだ。今までのマスターさんはみんな、この街の領主に逆らえずにいたのに、事情を全部知って、それでも助けてくれるって言うんだよ」

「……この人が」

「ボクね、わかるんだ。マスターさんは凄い人だって。精霊としての本能が言ってるの。この人について行けば、見たことのない景色が見られるんだって！　だからね、この人のことを信じたい！」

……なんか凄いこと言われている気がする。

こんなこと大きな声で言えないが、俺のマスター適性って超低いんだよなぁ。

だから俺は見た目だけでも強くなろうと思って色々と格好つけ始めたら、信頼を裏切るのが怖くて辞められなくなってしまったのだが……。

まあ、エメラルドの傍にいられるなら、己の心を殺すなど苦でもないし、精霊愛に関しては誰にも負けないから、精霊大戦では絶対負けないけどな。

「ごめんねシスター。もうボク……弱いボクでいたくないんだ。だけど安心して。絶対、絶対皆は守るから！」

「ダイヤちゃん、貴方……」

娘のように思っていた少女の成長を知り、シスターが涙を流して崩れ落ちる。

「ごめ、ごめんなさい！　私が、私が皆を守らないといけなかったのに、なのに……」

「ううん。シスターはいつもボクたちを守ってくれたよ。あの子たちがいつも笑顔でいられるのもみんな、シスターのおかげだもの。だから今度は、ボクが守るよ。シスターも、あの子たちも、そして……この大好きな孤児院全部を！」

「あ、ああ……本当に、大きくなって、強くなって……貴方って子は……！」

抱き合う二人。人間と精霊の素晴らしい家族愛！　たとえ血の繋がりが無かろうと、こうして育んだ愛情は本物なのだ！

「……良い家族ですね」

「ああ」

エメラルドの言葉に頷き、同時にこの光景を見て俺はある確信を得た。

――やはり精霊と人間との間に愛は生まれるのだ！　誰だ精霊好きになったら精霊趣味とか言って馬鹿にするやつ。ぶっ殺すぞマジで！

ああ……尊い……いい話だ……。

これでシスターが男だったらなにがなんでも邪魔をしていたが、これは本当に素晴らしい光景である。

手元に魔導カメラがあればめちゃくちゃ写真撮ってやったのに……。

「さて……話はまとまったということで、いいな？」

「マスターさん」

「……はい。ダイヤちゃんのこと、よろしくお願い致します」

「ああ。私が必ずこの子を最高の精霊にしてみせよう」

そして、未来のお嫁さんにするのだ！

おっと、そういえばこの孤児院がブラックダイヤモンドの生家、ではないにしても故郷になるわけで、今のうちに家族の印象を上げておかねば。

「とりあえず領主のやつから余計なことをされないよう、こいつを渡しておく」

「え……？」

懐(ふところ)から布袋を取り出すと、テーブルの上にドスンと置く。

そしてヒモが取れて袋が開くと、そこには大量の金貨が零(こぼ)れ落ちた。

ふふふ……もう何年も前だが、精霊大戦でエメラルドと勝ちまくったため一生分くらいは稼ぎ終わっているのだ。

娘を嫁にやる相手の条件、それはつまり財力のある男！　これ大事！

「あ、あの⁉　この大金はいったい⁉」

「これで、この孤児院の経営悪化に付け込んでくる輩（やから）の牽制（けんせい）にはなるだろう」

「こんな大金受け取れませんよ！」

「ふむ……」

　しかし受け取ってもらわねば困るのだ。

　なにせブラックダイヤモンドは俺の未来のお嫁さん。その母代わりの人には、少しでも印象を良くしておきたいし……。

　お金の力で良く見せようとか最低？　財力は力だ。魅力、体力と同じ力なのだよ！

　とはいえさすがは教会のシスター。金で目が眩（くら）むような相手ではないらしい。

　仕方がない、作戦変更だ。

「それでは、一時的に貸しておくとしよう」

「え？」

「もし万が一、あの男が余計なことをしに来た場合は、これで追い返してくれ。その代わり、もし私がこの街から離れるときがきたら返してくれればいい。私としても、この子の心配事は一つでも潰しておきたいのだ」

　あと、あのゴミ屑（くず）野郎はしっかり潰す。

「……わかりました」

俺が退かないことがわかったのだろう。

シスターは俺のことを見ながら少し顔を赤らめて微笑む。

「貴方はとても不器用な人ですね」

「ふ、そうかもしれんな。だがこの生き方のおかげで出会えた者がいる」

そう言いながら、俺は右手でエメラルドを抱き寄せ、左手でブラックダイヤモンドを抱き寄せる。

両手に花ァァァァァア！　ヤッフゥゥゥゥゥゥゥ！

両方とも柔らかいぃ！　いい匂いぃぃぃぃぃ！　滾ってきたァァァァ！

「この二つの宝石を傍に置けるならこの人生、後悔などあるはずがないさ」

「ま、マスター……」

「マスターさん！」

俺の抱き寄せをキモいとか言わずに受け入れてくれる二人マジ天使。

俺はユルユルになりそうな表情だけはなんとか崩さまいと、キリッとした表情を維持しながら、シスターに向かって不敵に笑うのであった。

エメラルドと一緒に泊まっている宿に戻る道中。

無事にブラックダイヤを身請けすることが決まった俺のテンションは最高潮！

俺の歩く右にはエメラルドティアーズ、そして左にはブラックダイヤモンド。

あの不本意な事件から五年、ようやく精霊ハーレムへの第一歩を踏み出せたのだ！

やったぞ！　いつか精霊ハーレムを作るんだと意気込んでいた十年前の俺！

ごめんな、こんなに待たせちゃって。でもその分、最高に可愛い彼女たちと存分にイチャイチャするから許しておくれ！

「マスターさん！　不束者ですけど、よろしくお願いします！」

「…………」

元々金に糸目を付けずに借りたこの部屋は、エメラルドと二人で泊まっていても余裕のあるくらいに広い。

宿の店主には十分な額を払っているので、今更一人増えたところでなにも言うことはなく、三人で同じ部屋に戻ってきた。

部屋に入るなりブラックダイヤモンドが「不束者ですが、よろしくお願いします」って言ったんだけど、これってつまりそういうことだよな？

お嫁に来る的なそんな意味だよな⁉

いやーいいね。とてもいい！

ブラックダイヤモンドの見た目はまだ幼さを残しているが、その身体はもう十分成熟しているし、俺を受け入れる準備もできている。

さっき抱き寄せたときも超柔らかかったし……あ、思い出しただけで滾ってきた。

うん、ヤバいな。俺まだ童貞なんだけど上手くできるかな？　超不安になってきた。

こういうとき、エメラルドなら優しく抱きしめてくれながら「いいんですよ。マスターのすべてを受け入れますから」とか言ってくれるんだろうけど、ブラックダイヤモンドはどうだろうか？

「マスターさんにはがっかりです」とか言われたら俺、一生立ち直れる気がしないんだが……。

いや待て。どっちかというと「ボクと一緒に頑張ろ、マスターさん？」とかの方が彼女っぽいのでは？

頑張る頑張る！　めっちゃ頑張るしハッスルするぞー！

「あの……マスターさん？」

「……すまない、少し考え事をしていた」

不安そうに見上げてくるブラックダイヤモンドを見て、俺は冷静になる。

よく考えれば、これは安易に選んでいいことではない。

そう、ここにはブラックダイヤモンドだけではない。エメラルドもいるのだ。

長年共に過ごしてきた彼女を置いて、先に新しい子とすぐ致すというのは、その……良くない気がするのだ。

やはり十年以上一緒に過ごしてきた彼女こそ俺の初めての相手に……いやしかしこの十年でなにも進展がないのだぞ？

冷静になれ俺。ここはブラックダイヤモンドと勢いでイケルところまでイク方が正解なんじゃないか？

「改めて考えると、とても難しいことだ」

「っ――!?　そ、そうだよね……やっぱりボクみたいな弱い精霊と契約するなんて……」

「全員に受け入れてもらうというのは、とても難しい」

「……え？」

ふと、俺は天啓を得た。

どちらが先とか考えるから難しいんじゃないか！

最初は両方、これが正解に違いない！

そもそも俺の夢は精霊ハーレムを作ることだ。当然にして当たり前の話だが、ここからさらに精霊たちは増えていく。

その度に序列がなどと考えてしまえば、いずれその関係は崩壊してしまうかもしれない。

だったら最初からマイルールを決めてしまえばいいのだ。

──全員を平等に同時に愛する。

誰一人、序列をつけることなく深い愛を注ぐと、そう決めた。

「それがとても困難な道のりだということは百も承知。だがしかし、やらねばならない。そうでなければ、私はお前たちと契約をする資格などないのだから」

「マスターさん……そこまで考えて」

「マスターはすべてを見通しています。この人がこう言うなら、大丈夫」

「エメラルドティアーズさん……」

「……ん？」

なんだかいつの間にかエメラルドとブラックダイヤモンドが二人で話し合っていた。

どうやらエメラルドが俺の言葉の意図を伝えているようだが、なにか違うことを言っているような気がして仕方がない。

まあいいか。この子が俺の不利益なことを言うとは思えないし。

とりあえず、こうして個室で美少女精霊二人と一緒にいられる俺、間違いなく世界一の勝ち組！　今からいとも容易く行われるエチィ行為に俺のテンション爆上げイエェーイ！

さあ二人とも、俺の腕の中にカモン！

「それではマスター。とりあえずブラックダイヤモンドと一緒に物資の補給をしてまいりますので、ゆっくり休んでいてください」

「行ってきます！」

そうして二人は笑顔をこちらに向けながら、俺を置いて部屋から出て行った。

「……？」

……なんで？

今から俺と彼女たちで太陽は明るいけどフィーバーでハッスルなタイムが発動するところだったんじゃなかったの？

どうして俺は今、一人でこうして寂しい想いをしているのだ？

「誰か教えて……」

一人凹んでいると、控えめなノックが聞こえてくる。どうやら戻ってきてくれたらしい。

なんだ良かった。しかしわざわざノックする必要なんてないはずだが？

「ま、まあいい！」

一緒にお買い物をしたいというなら、それはつまりデート！

そもそもいきなりエチィことから始めようとするなんて方が間違っていたのだ。

交流を深めるためにデートを繰り返し、愛を育むところから始めるのが当然だろう！

やっぱり過程って大事だよな！　片方ずつ手を握りながら三人で並んで歩いて、周りから嫉妬の視線が超気持ちいぃー！

「おいアンタ、邪魔するぜ」

扉を開いたら、可愛い精霊じゃなくてハゲた筋肉がいた。

まるで名作小説の冒頭のような一文が頭に浮かんだ俺は、疲れているのかもしれない。

「ガルハンか……なんの用だ？」

「お、おい俺がなにをしたってんだ⁉　すげぇ目つき怖(こえ)ぇぞ今のアンタ⁉」

「すまない、少々気が動転した」

「お、おお……」

思い切りガルハンを睨(にら)み付けてしまったので、素直に謝る。

だが冷静に考えて欲しい。可愛い精霊かと思って開いた扉の先にいたのがハゲた筋肉だったら誰だって殺したくなるだろう？　ならない？　俺はなる。

「それで、もう一度聞くがなんの用だ？」

「……アンタ、俺を置いてったたろ？　ちょっと離れたところで待機してたんだぜ？」

「………………」

存在を忘れていた、とは言えない。

あのときはブラックダイヤモンドのことしか頭になかったし、そもそも俺は精霊以外のことに対してリソースを割きたくないのだ。

だから多分、これは俺の中の本能がそうさせたこと。

「はぁ……まあいいけどよ」

ガルハンは大きくため息を吐くと、椅子に座り俺を恨めしそうに睨む。

この巨漢でイカツイ顔がそこにあると、妙な威圧感があってせっかくの大部屋も狭く感じてしまうな。

「それで、アンタはこれからどうするつもりなんだ？」

「どうするとは？」

「逃げずに叩き潰すって言ってただろ？　だけど現実的に考えて、あの子と契約したところでそれは難しいと思うぜ」

ガルハンがそう思うのも無理はないだろう。

俺が見たところ、たしかにアマゾネスボルケーノは精霊としての能力は悪くない。

火属性らしく過激な性格をしていて本来の力を十分に発揮できていたし、都市最強の精霊なのは間違いなかった。

アマゾネスボルケーノに勝てる精霊は、この街に一人もおらず、だからこそ——。

「勿体ないことをする……」

「あん？　勿体ない？」

「ああ。普通、精霊というのはより強く、高みに上るために人間と契約するものだ。だというのに、彼女はまるで檻に繋がれた番犬だな」

精霊たちは戦えば戦うほど強くなる。それも、自分よりも格上の存在と戦えば、よりその魂は昇華されていくことだろう。

本来精霊と精霊使いは、その都市で最強になったら、より強者が存在する中央に向かって行くべきなのだ。

だというのに、彼女はこのような場所に未だ閉じ込められている。

これが精霊にとってどれほどの損失なのか、理解していないわけではないだろう。

それでもこうしているというのは——。

「領主の息子がマスターなら、この都市を盛り上げるためにも強い精霊は必要か」

「ああ、それにあのザッコスはクソ野郎だが、精霊使いとしての才能は本物だぞ」

「ザッコス？」

「……領主の息子だよ」

「なるほど」

正直興味がなさすぎて全然覚えていなかった。

そうか、あいつザッコスというのか……また忘れそうだな。

「あいつはああ見えてBランクの魔力を持った精霊使いだ」

「ほう……それは意外だった」

ここ数年の決まりとして、精霊使いとなるために登録をする際、その才能を測られるようになった。

まあ才能と一括りにしているが、実際はその体内の魔力量のことなのだが、とにかくそれが多ければ多いほど、将来有望の精霊使いとして注目を浴びることになるのだ。

人類最高クラスの魔力を持っていればSランク。

そして精霊使いになれるギリギリの魔力量がEランク。

Bランクの精霊使いといえば、場所によっては天才などと持て囃されるレベル。

大都市や中央都市、力量によっては王都で大会に出ていてもおかしくない才能だ。

そこにアマゾネスボルケーノの力が合わされば、たしかにこのような地方都市では無敵だったに違いない。

「まあ、とはいえ問題ない」

「問題ないって……そういやアンタのランクってどうなってんだ？　Bランク以上だってんなら俺だって知ってるレベルの化物ばかりだと思うんだが……」

「ふん……」

どいつもこいつもランクランクと煩いやつらだ。

たしかに精霊たちの力を発揮するためには多くの魔力が必要となる。そしてその指標となるのが魔力ランクだから理解はしよう。

だがしかし、元より精霊たちの本当の力を発揮できるかどうかは、魔力だけでなくお互いの信頼性も重要だ。

そこを疎かにしていては、彼女たちも真の力を発揮などできるはずがない。

「貴様も精霊使いはランクがすべてだと思ってるのか？」

「あ？　もちろん精霊自体の潜在能力や絆の深さとかも重要だって話だが……それでも精霊の力を発揮できるようにするにはマスターの魔力が必要だろ？　だったら全部とは言わねぇけど重要じゃ……」

「……Eだ」

「あ？」

呆けた様子のガルハンに対し、現実を教えてやろう。

「私の魔力は──『Eランク』だと言っている」

Eランクと言えば、精霊使いになれるかどうかの落ちこぼれ。

だからか、ガルハンは唖然とした表情をしていた。

「いや、お前……それであんな偉そうな態度で喧嘩売ったのか⁉」

「悪いか？」

まあ、こいつの言いたいことはわかる。

ただ俺から言えることはただ一つ、魔力値だけで精霊使いとしての能力は決まらない、ということだ。

「いいかガルハン。そもそも数年前までは魔力を測るなんてことはしてこなかった」

「あ、ああ……」

「つまり、中央の方で戦っている者の中には、魔力の低い者だって混ざっていた可能性があるということだ」

とは言ったものの、精霊は魔力の大きさに敏感だ。強い魔力には本能レベルで惹かれるようになっている。

魔力ランクが高ければ高いほど、マスター側の選択肢も広がるということ。

――顔がいい男がモテるとか、アソコがデカい方が男として強いとか、そんな感じだな。ランクの高いマスターの方が精霊は強くなりやすいし、より魔力ランクの高いマスターを選びたいと思うのは自然なことだろう。

それを鑑みれば、残念ながら魔力が大きい方がいいに決まっている。だが――。

「マスターの価値は魔力ランクだけでは決まらない」

「そ、そりゃあそうだろうけどよ。実際に今中央とかで戦ってるのは魔力ランクの高いやつばっかりじゃねえかっ」

「そうだな」

だがしかし、男の価値はそれだけでは決まらない！　そう、女性が惹かれる要素は顔だけじゃないのだから！

優しい男が好きとか、私が面倒を見ないとこの人は駄目だって思わせるダメ男が好きとか、ぽっちゃり大好きとか、女性にだって趣味嗜好(しこう)はある。

それと同じで、精霊たちだってそれぞれ相性がいいマスターがいるのだ。

だいたい、魔力贔屓(びいき)が酷すぎるぞ中央！　だから本当は実力があるのに、大会に召集されないパターンも出てきているというじゃないか。

メディア的な部分でもマスターの素質が高ければ高いほど観客ウケはするので、仕方がないのはわかっているが納得できん！

「EランクがBランクに勝ったなんて聞いたこともねえし、なにより精霊があの子だろ⁉

どうするつもりだよ！」

「何度も言わせるなガルハン。問題はないと言っているだろう」

「問題ないって――」

「ブラックダイヤモンドは素晴らしい精霊だ。あの子がパートナーで勝てないというなら、
それはマスターである私に全責任がある」

「な、なにを……？」

「そして、私は誰にも負けん」

何故なら俺の精霊に対する愛は世界一だから！

魔力ランクがなんだというのだ！　俺の精霊愛の前には塵みたいなものよ！

エメラルド！　ブラックダイヤモンド！　俺はお前たちを愛してるぞぉぉぉぉぉ！

第三章　契約

右を見る。若草色の髪の毛を腰まで伸ばした美しい少女がいる。

左を見る。黒いセミロングの髪の毛に、ゴムで少しだけ両括りにしている少女がいる。

どちらも百人いれば百人が凝視し、二度見をし、そしてすれ違ったあとにもう一度振り返るくらいの超ハイレベルな美少女たちだ。

そんな二人が今、俺の両隣にいて一緒に歩いている。

これがどういうことか、おわかりだろうか？

つまり、俺は今まさに両手に花のダブルデート中なのである！

「マスター、私も付いてきて良かったのですか？」

「ああ、どうやらブラックダイヤモンドも初めてのことで緊張しているようだからな。先輩精霊として、色々と教えてやって欲しい」

「あ、あのボク……その、こういうの初めてなので……」

ブラックダイヤモンドの声は震えていて緊張しているのがよくわかる。

ふふふ、こういうのも初々しくていい。可愛い。超可愛い。

「大丈夫ですよ。マスターはとても優しくしてくださいますから」

「あ、エメラルドティアーズさん……」

「ただ、マスターを受け入れればいいのです。それがマスターの望みなのですから」

ブラックダイヤモンドの緊張を和らげるように、エメラルドが優しく言葉を紡ぐ。

どうやら精霊同士、仲良くやれそうで良かった。

もし新しい精霊と契約することを決めて、エメラルドが内心穏やかじゃなかったらどうしようかと思ったが、大丈夫そうでホッとする。

「優しいかは別として……まあ、緊張しなくてもいい。私とて経験豊富というわけではないが、お前のことを想う気持ちに嘘などないのだからな」

「マスターさん……」

精霊が本来の力を発揮するためには二つの条件があると言われている。

一つは契約したマスターの魔力。

そしてもう一つはマスターとの信頼関係。

契約した相手の魔力がより多く、そしてより深く繋がりがある者同士ほど、精霊たちは本来の力を発揮できるということになる。

残念ながら俺は才能という意味では大したことがなかったが、その代わりエメラルドとの信頼関係だけは深いと自負している。

彼女本来の力が凄まじいのはもちろんだが、そのおかげで足を引っ張ることなく、最高の舞台である【ラグナロク杯】まで行けたと言っても過言ではない。

もっとも、エメラルドにばかり負担を押し付けてしまったことは俺の中で後悔しかない。

——だからこそ、彼女以外の精霊を探す旅に出た。

そして今、ようやく見つけたのがこのブラックダイヤモンドという原石だ。

彼女はたしかにまだまだ未熟で粗削りな部分があるが、しかし俺は確信している。

彼女こそ、エメラルドや他の王都で活躍しているトップ精霊たちにも負けない潜在能力を秘めていることを。

「で、でも本当にいいんですか？　仮契約じゃなくて、いきなり本契約だなんて……」

「当たり前だ。私の目にはもうお前以外映っていない」

「ぁ……ぁう」

俺の言葉にブラックダイヤモンドは顔を紅くして俯いてしまう。

どうやら照れているらしい。超可愛い。

やはり精霊たちとの信頼を得るためには、本心で語り合うことが重要だな。

俺がどれだけ精霊たちを愛し、そして彼女たちを見ているかを伝えること。それが精霊使いとして強くなる秘訣と言ってもいいだろう。

「ま、マスターさんはいつも直球で、その……ちょっと恥ずかしいです……」

「ブラックダイヤモンド、一つだけ言っておこう」

「え？」

「理解してくれるだろう、こっちの心を汲み取ってくれるだろう。そんなものは幻想だ。人も精霊も、言葉にしないと想いは伝わらない」

「…………」

「そんな無心な信頼は、いつか相手を傷つけるだけだ。なぜならそれは、相手に自分の想いを『押し付けている』だけなのだから」

そのような一方的なものは『信頼』などでは決してない。

「だから私は。自分の想いをすべて伝えるようにしている」

エッチなこと以外な！　だってさすがにこれは引かれるから！

「私の契約精霊になる以上、お前も遠慮などいらん。私にして欲しいことはすべて言葉にするんだ。そして私はお前の想い、そのすべてに応えてみせよう」

「マスターさん……」

ブラックダイヤモンドの俺を見る瞳が、少し変わった気がする。

今まで本当に信頼していいのか不安だったものから、少し潤んだものに。

え？　なんでちょっと泣きそうなの？

もしかして俺の言葉に「なにこの人格好つけすぎ、付いて来るんじゃなかった」みたいに後悔しているんじゃ……。

そんな風に思っていると、ブラックダイヤモンドは瞳に涙を残しつつ、満面の笑みを浮かべて――。

「ボク、マスターさんと出会えてよかったです！」

「ああ……私もだ」

良かったぁぁぁぁ！　ドン引きされてるかと思ったぁぁぁ！

内心全力で小躍りしながら、俺はそっと彼女の涙をぬぐうように指を添わせる。

あああ、めちゃくちゃ肌スベスベしてるー……可愛いー。

「良かったですねブラックダイヤモンド」

「エメラルドティアーズさん……はい！」

「エメラルドでいいですよ。私も貴方(あなた)のことは、ダイヤと呼びますし、敬語も不要です」

「……うん！」

そして俺の精霊たちの仲も良好のようで何よりである。

エメラルドは昔から面倒見がとてもいいし、ブラックダイヤモンドのことを妹のように思っているのかもしれない。

なにはともあれ、あらゆる懸念事項はこれで解決した。

あとはギルドに登録して、正規の契約を行えば彼女は俺の契約精霊となる。

そして信頼関係を紡いでいき、ゆくゆくはお互いのすべてを曝け出しながら……。

「マスター、嬉しそうですね」

「そうだな」

これ以上の妄想は顔に出てしまうのでストップだ。

精霊たちが己の最強を競い合う競技——精霊大戦。

地方都市レベルであればそれぞれの領主が娯楽として提供するが、王都で開かれているような規模の大きなものに関しては、全て精霊教会が取り仕切っていた。

「着いたな」

頑丈そうな赤いレンガ造りの巨大な建物。多くの子どもの憧れである精霊使いが集まる精霊ギルドである。

どこもだいたい同じ作りをしており、一階は受付と飲食ができるスペース。

二階以上は勉強できるように資料が揃っていて、他にもフリーのマスターや精霊たちがお試しで仮契約するための待機場などもある。

「この雰囲気も久しぶりですね」

「そうだな……」

この街に来てから場所だけは把握していたが、まだ一度も訪れていなかった。

いくら五年前の話とはいえ、俺たちを知っている者がいるかもしれないと思ったからだ。

「おいあれ……」

「またあの子が新しいマスターと来たぞ……可哀想に」

俺たちが精霊ギルドに入った瞬間、周囲から同情のような視線が飛び交う。

どうやらブラックダイヤモンドの事情は周知のものらしい。

「ぁ……その……」

そのせいか萎縮してしまった彼女だが、俺はそんな視線など気にすることなくズカズカと受付まで進む。

旅の精霊使いが新しい街に着いたら、まずは精霊ギルドで登録するのが一般的だ。

また、これから精霊使いになろうとする者も、ここで登録をする。

そうして各街々で精霊大戦に参加していき、己のランクを上げていきながら大きな大会出場を目指していくのだ。

「いらっしゃいませ。本日はどのようなご用件ですか？」

「新規マスターとしての登録。それから、精霊との契約だ」

「かしこまりました。それではこちらの用紙に記入をお願いします」

大陸で熱狂される娯楽である精霊大戦。

大きな大会で活躍すれば大貴族のような生活もできるくらいの報酬を得られるし、そうでなくてもスポンサーなどが付けばかなり豊かな生活が送れる。

田舎の村人などが一獲千金を夢見て登録に来るなど日常茶飯事で、受付嬢の対応も慣れたものだった。

「書けたぞ」

「はい、ありがとうございます……レオンハート様、こちらは本名ですか？」

「ああ。別に珍しい名でもないだろう？」

「……そうですね。ただ数年前にトップランカーだった方に同じ名前がいますので、色々と揶揄（やゆ）されるかもしれません。あまりお気になさらないことをオススメします」

「ああ」

ギルド受付の採用条件は顔、などと揶揄されるくらい美人を揃えられているせいか、彼女たちは日々男の精霊使いたちに様々な軟派行為を受けていて、結構対応が厳しい者が多い。

それなのにわざわざそんなアドバイスをしてくれるのだから、良い人なのだろう。

「ところでレオンハート様、彼女——ブラックダイヤモンドがどういった立場にある精霊かは理解しておりますか？」

「領主とのいざこざの件なら聞いている」

「……そうですか。まあ今まで仮契約までしかしてこなかった彼女がいきなり本契約を選んだくらいですから、そうだとは思いましたが」

意外と冷静な対応。これはギルドとして、特に干渉する気はないという意志表示だろう。

「私としては、ギルドが対応すべき問題だと思うが？」

「耳が痛い話ですね。ですが、ギルドが特定のマスターや精霊に肩入れをするわけにはいかないのです」

「ふん……組織が大きくなると大変だな」

「理解いただき恐縮です」

まあいい。別に最初からギルドに協力を求めようなどとは思っていない。

俺の夢は美人で可愛い精霊を集めたハーレムを作ること。

そしてそれは、己自身の力で勝ち取らねばならないのだから。

「さて、ブラックダイヤモンド」

「今から本契約に入る。心の準備はいいな？」

「は、はい！」

俺の言葉に緊張した面持ちであるが、それでも彼女は迷いなく頷いてくれた。

その信頼に応えたい。たとえ俺自身の才能がわずかばかりなものであったとしても、彼女を強くしてあげたい。

ブラックダイヤモンドはこれまでずっと辛く苦しい日々を耐え続けてきたのだ。だったらこれからは、彼女の望む未来を歩ませてあげたい。

それが、精霊使いである俺の役目なのだから。

「ここが契約の間です」

案内された部屋は殺風景で、地面に人二人が入れそうな魔法陣が描かれているだけ。

「……少しだけ、懐かしい気分だ」

「あ、そういえばマスターさんはエメラルドさんとも契約してるんですよね」

「ああ。もっとも、しばらくは戦わせる気はないがな」

一般的に、精霊使いは一人につき契約精霊も一人というのが多い。

理由としては、マスターが精霊に分け与えられる魔力の限度が限られているからだ。

二人の精霊と契約したら、与えられる魔力は半分ずつとなる。

分配方法はマスター側に一任されているが、自分ではない精霊に多く魔力を与えられれば、他の精霊だって面白くはないだろう。

そうなると信頼関係が失われていき、結果的に精霊は弱くなってしまうという話だ。

それゆえに、精霊使いはよほどのことがない限り、一対一が理想的と言われていた。

「入るぞ、ブラックダイヤモンド」

「は、はい……その……」

ブラックダイヤモンドは少し申し訳なさそうにエメラルドを見る。

おそらく、これまで独占していた俺を取るような形になるのが気になるのだろう。

「私のことは気にしないで。マスターの望みが私の望みなのですから」

「でも……」

「貴方が強くなってマスターのために戦うこと。それをしている限り、貴方は私にとって妹のようなものですよ」

「……はい！」

決意の炎が灯(とも)った瞳。そしてそれを見て微笑(ほほえ)むエメラルド。

お互い嫉妬しながら俺を奪い合う展開だって考えられた中で、エメラルドの神対応。

彼女は本当に俺には勿体ない精霊だなぁ……。

まあ、だからって誰かに渡すことは絶対にしないが！

「エメラルド。たとえどれだけ精霊が増えようと、お前が私にとって最初の精霊であることは変わらない」

「はい。それだけは、絶対に誰にも譲りません」

見つめ合い、お互いが理解し合えていることを確認して笑い合う。

俺とエメラルドの間には、それだけの信頼関係が築かれているのだ。

「では、行ってくる」

「あ、行ってきます！」

そうして俺が部屋に入ると、ブラックダイヤモンドが慌てた様子で付いてくる。

扉を閉めると、簡素な部屋なだけあってどこか寂しさを覚える風景だ。

「さて、これから本契約を済ませるわけだが……最後にもう一度だけ確認しておこう。ブラックダイヤモンド、見ての通り私は複数の精霊と契約をするつもりだ。そしてそれは、お前だけではない。最低でもあと二人は増やそうと思っている」

普通ならその宣言は精霊に対する裏切り行為。

それを堂々と言い放つのは、理解を得られないと先に進めないからだ。

「……マスターさんは、どうして複数の精霊と契約したいんですか？」

そりゃあもちろんハーレムを作りたいからだ！　とはさすがに言えないが、それ以外の理由もある。

「私は昔、エメラルドに頼りきりだった」

「え？　マスターさんが？」

「ああ、彼女は本当に凄い精霊だ。だから私も勝ち続けた。しかし……」

最強と呼ばれたからだろうか？　無敗と持て囃されたからだろうか？

結果として俺は驕り、度重なる戦闘で溜まった彼女の疲労に気付くことができなかった。

「だが、私は夢のために立ち止まることはできない。そしてエメラルドもまた、夢のためには止まらない。だから私たちは決めたのだよ。二人で夢を叶えられないのなら、同じ夢に向かって突き進む仲間を増やせばいいと」

「……マスターさんの夢」

「世界最高峰の大会である【ラグナロク杯】を制して、神がいるとする天空の塔に挑戦し、神に会う」

「っ——!?　マスターさんは、それがどういうことかわかって言ってるんですよね？」

「もちろんだ」

ブラックダイヤモンドが驚くのも無理はないだろう。

最強を目指すのと天空の塔(バベル)を目指すことは、似ているようでまったく別物。

ただ勝つだけでは駄目なのだ。

精霊とマスター、二人の存在を『神が認めなければ』ならない。

それは未(いま)だ誰一人成すことのできなかった、未踏の極地。

だがそれでも俺は――。

「この世のすべての精霊とマスターを倒し、神の試練に挑む！　そして私は、この理不尽な世界を塗り替えるのだ！」

人と精霊が愛し合うことが自然な世界へと！

「マスターさんは、本気なんだ……？」

「ああ、付いて来れなくなったか？」

俯(うつむ)くブラックダイヤモンドの姿を見て、誇大妄想を語る男と思われてしまっただろうか？

「ううん。ボクも手伝うよ！　だってマスターさんはボクを見つけてくれた人だもん！　だからその未来も信じられるし、貴方(あなた)のために頑張る！」

「そうか……では、これからも今みたいに、敬語など使わず自然体なお前を見せてくれ」

「う、うん……ちょっと恥ずかしいけど……ボクの全部をマスターさんにあげるね」

顔を赤らめながら、ブラックダイヤモンドは両手を広げて俺を受け入れるように立つ。

俺もまた、そんな彼女のすべてを受け入れるように、正面から抱き締める。

「温かい……マスターさん、これからはダイヤって呼んで？」

「ああ、ダイヤ」

「えへへ……」

普段の俺なら、この可愛すぎる彼女に対して興奮しまくっていたことだろう。

だがこの瞬間だけは違う。これは、俺と彼女の神聖な儀式なのだから。

だから俺も真剣にブラックダイヤモンド……いや、ダイヤと向き合う。

地面に描かれた魔法陣が光り輝いた。

その瞬間、俺とダイヤはたしかに一つに繋（つな）がったのである。

それからしばらく、俺とダイヤは二人っきりの部屋の中でお互いのことを話し合った。

「そうなんだ、だからマスターさんはまたギルドに契約し直して……」

「ああ。つまり、今の私は新米マスターというわけだ」

「ボクも初めて本契約する新米精霊だから、お揃いだね」

契約をするなら隠し事はなしだ――ただしエッチな考えは除く。

俺がどうして精霊使いになったのか、その表向きの理由。

エメラルドという契約精霊がいるにもかかわらず、ゼロから再スタートしようとしている理由。過去になにがあったのか、包み隠さずすべてを語った。

ダイヤもまた、ブラックダイヤモンドという精霊がどのように生活をしてきて、どんな苦労を重ねてきたのかを話してくれた。

一つ語るたびに、彼女との繋がりがより一層強くなるのがわかった。

一つ聞くたびに、彼女のことを愛おしいと思うようになった。

いくら話しても語り足りない。

俺のことをもっと知って欲しい。

君のことを知りたい。

叶うことなら、ダイヤも同じ想いでいて欲しい。

そんな想いばかりが募り、心の奥から溢れだして止まらなかった。

大丈夫だという安心感と、ほんのわずかな不安が混ざり合う不思議な感覚。

きっとこれが、恋であり愛であり、そして信頼なのだろう。

お互いがその全てを語り切る頃には、窓の外の太陽は紅く染まっていた。

「そろそろ出なければ」

「あ……もうそんな時間だったんだ？」

「ああ、外にはエメラルドも待たせているからな」

この数時間の話し合い。それは凄まじい幸福感を俺に与えてくれた。

身体が軽く、今ならなんでもできる気がする。

それくらい、このブラックダイヤモンドという精霊は俺と相性が良かったのだ。

最初に思った通り、彼女とならきっと遥かなる高みを目指せることだろう。

「ここを出たらマスターを独占できなくなっちゃうから、ちょっと名残惜しいなぁ」

「――っ」

ズギュン！　と凄まじい音が俺の心の中から聞こえた。

はにかむように微笑む彼女に俺の心臓が打ち抜かれた音だ。

なんという破壊力！　まるで魅惑の小悪魔、／いや黒き天使！

なんなんだこの子は！　ヤバイ、ヤバイぞ俺止まれ！

いくらなんでもここでは不味い！　この場でダイヤを白く染め上げてしまえば、俺は世界中のギルドでやらかし男として広まってしまう！

「マスターさん？」

「……いや、大丈夫だ。ただ、これからお前と一緒に戦えることが楽しみで仕方がない」

「も、もう！　またそういうこと言う！　あのね、そんな真剣な顔で言われたらボクだって恥ずかしいんだよ！」

あのね、そんな真っ赤にした可愛い顔で言われたら俺も滾っちゃうんだよ！　と言い返したい。いやこんなことを言い返したらキモいが。

「さて、そろそろ出よう」

「あ、うん……」

「そう寂しそうな顔をするな。たとえここを出たとしても、私がお前を想う気持ちが変わることはない」

「……うん！」

その嬉しそうな顔を見て、俺は心の底から思う。

ああ、この子と出会わせてくれた神様、本当にありがとうございます！

エメラルドと合流した俺たちは、改めてギルドの受付に向かう。

するとこちらをジトーとした目で見てくる受付嬢。はて、なにかしただろうか？

「契約一つにいったいどれだけかけているんですか？」

「なんだ？　なにか問題でもあったのか？」

「いえ、ありません。ですがあまりにも時間が長いと、色々と勘繰られてしまいますから気を付けてください」

それは俺が『精霊趣味』だとでも言いたいのだろうか。

本当にこの大陸の風習はクソだな。絶対に神様に頼んで常識を塗り替えてやる。

「さて、それでは改めて……契約おめでとうございます」

「ああ。登録の方はどうだ？」

「いちおう審査は終わっておりますが……」

審査というのは俺の魔力値を測るものだ。とはいえ、過去にも別の場所で測ったことがあるのでEランクなのはわかっているが、ギルドに登録するのに必要だからと血を一滴、専用の道具に垂らしていた。

「昔は登録するのに、魔力など測らなかったのだがな」

「そうですね。こうして魔力を測るようになったのも三年前からですから。とはいえ、おかげで優秀なマスターを発掘するうえでとても便利になりました」

「優秀なマスター、か」

魔力値が視覚化できるというのは確かに一つの基準として便利だ。

だがそれに頼り切っては、本当に繋がりの深い精霊と出会える機会が減る可能性は？

精霊とはどんどんと強くなるものだ。

たとえ初めは弱くても、マスターと苦楽を共にして成長し、お互いの信頼が高まったとき『覚醒』し、更なる飛躍をする精霊もいる。

どうしても俺は、今のやり方が本当に正しいとはとても思えなかった。

「なにか言いたげですねレオンハートさん？」

「いや、魔力が高ければ優秀なマスターという理屈はあまり好きではないだけだ」

「そうですか……まあ、貴方からすればそうかもしれませんね」

そう言って彼女はそっと一枚のカードを渡してくる。

そこには俺の名前と魔力ランク、それに契約精霊であるエメラルドティアーズ、ブラックダイヤモンドの名前が刻まれていた。

「ギルドは中立です。貴方がなぜ今になって再び表舞台に出てきたのかは問い詰めませんが、下手なことをしないようにお願いします」

「……ああ」

「上は貴方のことを、かつての天才の名を騙る田舎者だと思っています。しかし……」

どうやら俺の名前、それにエメラルドの名前からこの受付嬢は俺たちが本物だと確信していたのだろう。

「正直驚いています。あのレオン様が目の前にいることも、そしてこの魔力値にも」

「当時は魔力ランクなどという制度はなかったからな」

彼女がそっと視線を落とすギルドカードには、やはり間違いなくEランクと書かれていた。どうやらなにかしらの奇跡が起きて、Sランクになるということはなかったらしい。

まあいい。別に生まれてこのかた、この魔力で困ったことなどないのだから。

「それにしても残念だ」

「え？」

「精霊の力を発揮するのにもっとも重要なのは、魔力と、そして精霊との信頼関係。しかしここ最近は、それがわかっていない者が多いらしい」

「そんなことは――」

「おいおいおい！　Eランクだって⁉　なんでそんな雑魚がギルドにいるんだよ⁉」

受付嬢が困惑した様子を見せていると、背後から大きな声がかかる。

振り返ると、いかにもチンピラだと言わんばかりの三人組がこちらを見て馬鹿にしたように笑っていた。

ほれ見たことか。ちょっとこっちの魔力が低いだけですぐ調子に乗るやつとか出てきたし、迷惑極まりない。

声をかけてきたチンピラの後ろには、同じくこちらを馬鹿にした感じの三人の精霊たち。

基本的に俺はどんな精霊のことも美しいと思っているのだが、どうにも彼女たちに対してはそのような想いを抱けなかった。

「おいお前ら！　Eランクなんて見たことあるか⁉」

「いやいや、そんなランクだったら恥ずかしくて精霊使いになんてならないでしょ！」

「そうそう。私たち精霊だって、そんな男ごめんよねー」

「ねー、なんでそんな男が精霊使いになろうなんて考えちゃうのかしらー？」

それぞれがニヤニヤ、ケラケラと、周囲に聞こえるように大声で話している。

恐らくこいつらはザッコスの手の者だろう。

以前から精霊大戦で、不自然な動きをするマスターと精霊たちがいたのは気付いていた。

さすがに精霊の特性上わざと負けるようなことはしていないと思うが、残念ながら目の前の彼女たちを見ていると少し自信がなくなってくる。

「まあ、どうでもいいか」

このような輩（やから）は昔から何度も遭遇してきたし、なにより俺がEランクの魔力しかないのは事実であるのだから。

「ま、マスターさん」

「ああダイヤ。気にするな。ああいう手合いに構うと、調子に乗るから――」

「そんな魔力しかないから、そこの雑魚精霊と契約してんだろうなー！」

「その子ってこの街名物の最弱精霊⁉　あーあー、魔力の少ない精霊使いはこんな子しか契約できないなんて、かわいそー」

――殺す！

俺のことはなにを言われてもどうでもいいが、俺の愛しい精霊であるダイヤを馬鹿にされた以上黙ってなどいられるか。

精霊たちには危害を加えるつもりはないが、この男たちは二度と使い物にならないくらいの恐怖を魂に刻み込んでやる。

奴らに鉄拳制裁を加えるべく踏み出した瞬間、凄まじい殺気が辺り一帯を包み込んだ。

「訂正しなさい」

「――ひっ！」

その殺気の発生源は、俺の隣にいるエメラルド。

彼女はチンピラたちを凄まじい形相で睨みながら一歩、二歩と前に進む。

「マスターを侮辱したことを訂正しなさい。そしてダイヤを馬鹿にしたこともです。この二人は、決して貴方たちのようなくだらない人間が下に見ていい存在ではない」

「い、いや……あの、その」

「や、だ……来ないで！　なんでこんな化物が地方都市に！」

精霊大戦中ではないため、精霊としての力は大きく落ちている。

それでもエメラルドティアーズという最強格の精霊は、その漏れ出た魔力の一端だけで、この場にいるすべてを支配するだけの力を秘めていた。

俺たちが昔戦っていたとき、誰かが言った。彼女は一つの『天災』だと。

その身に秘めた圧倒的な魔力と精霊という枠組みを超越した力を前に、多くの精霊たちが恐れを抱いた存在。

だが、俺は知っている。本来の彼女はとてもお淑やかで、気配りができ、そして優しい子だということを。

だから、こんな風に怒りをまき散らすようなことは、して欲しくなかった。

「エメラルドさん……」

「大丈夫だ」

「マスターさん？」

このままでは彼女は怒りに我を忘れて、チンピラたちを殺してしまいかねない。

精霊はマスターの命令がなければ人に危害を加えることはできないが、それをなんとかしてしまいそうな雰囲気が今のエメラルドにあった。

だがそんなことを、彼女にさせるわけにはいかない。

俺は前に出て行こうとする彼女を後ろから抱き締める。

「エメラルド、そこまでだ」

「あ、マスター……ですが」

「私のことが馬鹿にされるのはどうでもいい。ただ、お前にそんな顔はして欲しくない」

「ぁ……」

そうして俺が離すと、彼女は尻餅をついて怯えているチンピラたちを見下ろす。

「お前たち……この場は見逃してやる。さっさと失せろ」

「ヒッ⁉ はい！ お、おい行くぞお前ら！」

「待って！ 置いていかないで！」

「あ、あたしも！」

そうしてチンピラとその契約精霊であろう少女たちは、慌てた様にギルドから出ていく。

それを見送ったあと、俺は周囲を見渡した。

「お前たちも、さっきのやつらと同じようなことを思っているのか？」

誰かを守れる強さを持ったダイヤが弱い精霊だと、本気で思っているのか？

その意思を込めて周囲を見渡すと、ギルドにいた精霊使いと契約精霊たちは、気まずそうに視線を逸らす。

この街にいる以上、ダイヤの事情は知っているはずだ。そのうえで、彼女を馬鹿にするのであれば、俺も容赦はしない。

「ふん。魔力の量？　精霊の強さ？　そんなものは俺たち精霊使いには関係ない。もっとも大事なのは精霊とどれだけ心を通わせるかだ」

俺とエメラルドが戦ってきたとき、多くの精霊使いたちは同じような想いでいたはずだ。

だというのに、ここ最近は魔力の大きさばかりが目に入っているようで、精霊使いたちの質は落ちる一方。

きっと魔力ランクという、目に見えるものができてしまったが故の弊害だろう。

「まあいい。口でどれだけ言っても仕方あるまい」

全て結果で語ればいい。

幸いなことに、あのザッコスとかいう領主の息子には精霊大戦に誘われているのだから。

「行くぞエメラルド、ダイヤ。三日後、誰の言葉が正しいのかを証明してやろう」

「はい、マスター」

「う、うん。ボク、頑張るよ！」

そうして三人でギルドを出る。

おそらく今日の出来事は領主たちにも伝わっていることだろう。

だがそれでいい。きっとやつらは俺の魔力がEランクだと知って、侮ってくるはずだ。

そういった輩を徹底的に叩きのめし、そして証明して見せればいい。

精霊との愛こそが最強なのだということをな！

「ふっ、三日後が楽しみだ」

「マスター、素敵でした」

「うん、凄く格好よかったよ」

「……そうか」

柄にもなく真面目に怒ってしまったから、そう言われると少し気恥ずかしい。

とはいえ、たとえお世辞であっても彼女たちのような可愛い精霊たちからそう言ってもらえると嬉しいもんだ。

「あれ、マスターさんちょっと顔紅くない？」

「もしかして照れてらっしゃるのですか？」

「……お前たち、からかうな」

「あ、やっぱり照れてる！」

「ふふふ、珍しいですね」

ちょっと嬉しそうというか、いたずら気に笑う彼女たちに俺は顔を背けてしまう。

こんな風に弱みを見せてしまえば、いずれ彼女たちも離れて行ってしまうからな。

彼女たち精霊の前では、常に格好いい自分であらねばならない。

エメラルドと出会ったときから、俺はそう決めたのだから。

「私のことはいい。それよりもダイヤ、約束を果たすぞ」

「え？」

「なんだ忘れたのか？　言っただろう」

――私がお前を救ってみせる。

「あ……」

「すべては三日後。そこでお前の無限に広がる未来は、さらに広がるからな。これから先、自分がどうしたいか色々と考えておくがいい」

「……うん！」

この笑顔のためなら、俺は神様だって倒せると思う。

それくらい価値のある宝石のような少女を、俺は守りたいと思った。

第四章　精霊大戦

そして三日後──。

俺たちはコロシアムの前に立ちながら、巨大な入口を見上げる。

古のワルキューレを模した銅像が槍を合わせて門を作り、入る者を威圧していた。

この二対の女神はこれから戦う精霊たちを表していて、大陸中のコロシアムでは姿こそ異なるが、どこでも採用されている形だ。

──この感覚、久しぶりだな。

俺は普段あまり感じない高揚感に包まれていた。

五年だ。最後にこの門を潜ったのは、それが最後。しかも最悪のときだった。

「大丈夫ですかマスター？」

立ち止まって感傷に耽っているとエメラルドから声がかかる。

心配そうで、どうやら俺が過去を思い出していることに気付いているらしい。

──まったく、この子は本当に優しい。

「ああ。心配いらない。エメラルドこそ大丈夫か？」

「はい」

力強く頷くエメラルドを見て心強く思う。

本当は俺よりもずっとトラウマになっていてもおかしくないのに、彼女はそれを欠片も見せない。

ずっと共に在ったエメラルドの強さを、俺は誰よりも知っている。

だからこそ、彼女がいる限り俺に怖いものなどない。

ただ代わりに――。

「あ、あわわ……」

誰の目から見ても緊張しているのがわかるくらいダイヤが動揺していた。

なんというか、小動物のような動きだ。超可愛い。

「不安かダイヤ?」

「え? あ、いや! そ、そんなことないよ! 全然大丈夫!」

それが嘘だというのは一目でわかった。

正直、強がる仕草は可愛いからこのままもう少し弄りたいところだが、さすがに可哀想でもある。

「別に不安に思うことは、決して悪いことじゃない」

「え？」

「緊張するのもいい。緊張は己のパフォーマンスを下げるが、同時にそれを乗り越えたとき、凄まじい力を発揮するからな」

「……そうなの？」

「ああ」

緊張するということは、そのことについて真剣に考えているということ。さらに言えば、克服しようとする力だ。

だからこそ、緊張に支配されてしまえば従来の動きができないが、乗り越えたときに一つレベルアップできるのである。

「心配するなダイヤ。お前の本当の力を私は信じている。お前はそんな私を信じてくれ。そうすれば、私たちは誰にも負けないさ」

「そうですよダイヤ。貴方はマスターが認めた精霊です。なら、この世界にいるどんな精霊よりも強くなれる素質があると思いなさい」

「……うん。ありがとうマスターさん、エメラルドさん。ボク、頑張る！」

むん、と気合十分といった様子を見せるダイヤ。

身体はまだ震えているが、それでも一歩前に踏み出せただろう。

「それでは行こうか」

「おい兄ちゃん！」

「む？」

俺を呼ぶ声に振り向けば、そこにいたのは可愛い子ども精霊たちと、ガルハン、それに孤児院のシスターだ。

……なんであのメンバーにあの禿げ頭がいるんだ？

「俺ら、応援してるぜ！　絶対勝ってくれよ！」

「ええ、ダイヤちゃんは今までずっと頑張ってくれてたもの！　だから神様もきっと、貴方の行いを見てくれているはずだわ！」

「……ああ、そういうことか」

どうやら俺の知らないうちにわだかまりは解けていたらしい。

凄いなガルハン。あの見た目とこれまでしてきたことがあるのに和解するとか、コミュ力の塊か？

そういえばあいつ、初対面のくせに俺たちに当たり前のように話しかけてきたんだった。

俺はどちらかというと誤解されやすいタイプなので、ちょっと羨ましい。

「ねえたん！」

そんな風に俺が恐れおののいていると、小さい精霊たちがわー、とダイヤに近づいて抱き着いていく。

「ダイヤお姉ちゃんがんばってー」

「ねえたんのおうえんがんばるー」

「わ、もうみんな！　……うん、お姉ちゃん頑張るからね！」

なんという美しい光景だ……一生保存したい。とりあえず目に焼き付けよう。

特に幼い精霊の舌足らずさ、ヤバすぎる。持ち帰りたい。

「兄ちゃん、それで、その……本当に勝てるのか？」

「愚問だな。精霊たちと共に在る限り、私に負けはない」

「そうか……」

俺が自信満々に言い切ると、ガルハンは一瞬だけ俺を見て覚悟を決めたような目をする。

「じゃあ俺は、兄ちゃんたちに全財産を賭けるぜ！」

おいやめろ馬鹿。勝手に自分の人生を俺に賭けるんじゃない！

それをするなら俺とは関係ないところでやってくれ！

「……ふ。賭け事など碌なものではないぞ？」

だから止めなさい。ギャンブルは身を亡ぼす典型的なやつだから。

特にお前みたいな裏稼業っぽいのは失敗するやつだから。

「へへへ。こいつは賭け事じゃねえ。ただ落ちてる金を拾うだけの簡単なやつだぜ。勝ってわかってる勝負は、ギャンブルとは言わねぇからな」

「お前というやつは」

「……ガルハンさん」

なんか隣のシスターがガルハンを熱い目で見ている。

え？　もしかして貴方、このダメ男に恋してる？

ちょっと待って欲しい。別にシスターが誰を好きになっても構わないが、しかし彼女はダイヤの育ての親。

つまり彼女は将来的な俺のお義母（かあ）さん。

ということはである。このまま行くと、ガルハンは俺の……お義父（とう）さん？

「……おいガルハン」

「あん？」

「私に全額賭けておけば問題ない」

「おお！　アンタはやっぱ最高だぜ」

今回は勝つだろう、それは確定事項だ。

そして人は賭け事で一度勝つと病みつきになる。

つまり、ここで大勝すれば気が大きくなって大金を賭け始め、いずれは破滅するという寸法だ。

そうなればシスターも呆れてしまうに違いない。なにせ神に仕える身だからな。

ギャンブルで身を亡ぼすような男に愛想を尽かすことだろう。

完璧だ。俺は俺の頭脳が恐ろしい。

しかもこの悪魔の頭脳は更なる策略を思いついてしまった。

「ああそうだ。シスター、以前貸した金貨はあるか？」

「あ、はい。さすがに大金だったので、私が外に出るときはこうして持ち歩いています」

「そうか。それならそれを全額私に賭けておいてくれ」

「え、えええ⁉　こ、これだって……金貨、ですよ？」

シスターは一瞬驚いた顔をした後、周囲を窺うようにして声が小さくなる。

「自分に賭けるのはルール違反だからな。だがシスターが私に賭ける分には問題ない」

「そ、それは……」

「いいじゃねえかマリアさん。どうせこの街の領主から出る金だ。せいぜい、できる限りの嫌がらせをしてやろうぜ」

……そっか、この人マリアさんというのか。まあシスターだしシスターでいいだろう。

「もう、ガルハンさん！　そういう問題じゃありませんよ。だって負けたらこれだけの額が一気に……」

どうやら彼女は額の大きさに戸惑っているらしい。

俺からしたら問題ない金額だが、彼女からすればとんでもない額なのか。

「もちろん謝礼はする。そうだな、賭けた金額は、そのままシスターと教会に寄付するとしよう」

「え？　でもそれは賄賂というのでは……？」

「違う、『寄付』だ」

賄賂、じゃない？　と目を回しながら何度も呟いている彼女に、これまで相当苦労をしてきたのだなと少し憐憫の情が湧いてくる。

そんな彼女の後押しをするために、俺はちらっと小さい精霊たちを見た。

「これだけあれば、あの子たちにも美味しいご飯を食べさせられるぞ？」

「あ……」

「精霊教会は精霊のためにある。あの子たちのためなら、神様も許してくれるさ」

「そ、そうですよね……神様だって、許して、くれますよね？」

「ああ」

もし許さないという神がいたら、俺がぶっ飛ばす。

「さて、それではそろそろ時間か。ダイヤ、もういいか？」

「え？　あ、うん！　それじゃあみんな、お姉ちゃん、頑張ってくるからね！」

「お姉ちゃんがんばれー」

「ねえたん、がんあれー」

舌足らずの子、超可愛(かわい)いんですど。やっぱり持ち帰りたい！

「マスター、ご武運を」

「ああ。では行ってくる」

エメラルドの微笑(ほほえ)みに心を清め、俺は改めてダイヤを見る。

先ほどのやり取りで緊張が解けたのか、彼女の顔はずいぶんと晴れ晴れとしたものだ。

「どうやら、乗り越えたようだな」

「え？」

「なんでもない。そうだな、せっかくの精霊大戦だ。存分に楽しもう」

「……うん！」

そして門を潜って、他の精霊たちが待つ舞台へと向かって行くのであった。

『今日もルクセンブルグの空は広く青い！　最強を目指す精霊たちの宴が今日も始まります！　実況は私！　そして解説はいつもお馴染みオーエンさん！』

『どうもよろしくお願いします。どの精霊たちも頑張って欲しいですね』

『いい感じに淡々とした応援ありがとうございます！　さあそれでは精霊とマスターたちの入場です！』

そんな実況の声に、精霊大戦を見に来た観客たちの歓声がコロシアムに響き渡った。

「ここでこれを聞くのも久しぶりだな」

今俺たちは舞台に続く通路を歩いている。

真上には観客席。

精霊とマスター専用の通路で、観客たちの興奮した音を聞いていた。

「……マスターさんは全然動じないね」

「そうでもないさ。ただそうだな、戻ってきた、という懐かしい感覚は覚えている」

そういえば、最初のときはどうだっただろうと思い出す。

やはり緊張していただろうか？

「……いや」

あの時はたしか、エメラルドと一緒に戦える高揚感に満ちていたはずだ。

あと、精霊たちが舞う姿を誰よりも間近で見られることにも興奮していたはず。

それまでは遠い世界だった憧れの舞台。

そこに足を踏み入れたことを、なによりも嬉しかったのを覚えている。

「どうだダイヤ？　怖いか？」

「……うん、怖いよ」

そういう彼女の顔は、ただ前を向いていた。

怖いと言いながらも、恐怖などは微塵も感じさせない凛々しい顔だ。

「感じるんだ。マスターさんの心を。今までとは違う世界がこの先に広がっているんだと思うと、とても怖い」

「そうか……」

「ボクはこの試合を通して、変わっちゃう。きっとそれは、今までの自分じゃなくなるくらい劇的な変化で……」

それは、本能がそう告げているのだろう。

精霊たちは戦うことでより強く、より高みの存在へと昇華されていく。

ダイヤは震える掌をぎゅっと握り込むと、真っすぐ俺の方を見る。

「ねえマスターさん……ボクはどうなっちゃうのかな？」

「心配するなダイヤ……いや、ブラックダイヤモンド」

「っ──」

俺があえてその名で呼ぶと、ダイヤは少し動揺する。

そんな彼女の掌をそっと包み込むように握った。

「その心の高ぶりは、精霊としてとても正しいものだ。私に身をゆだねろ。己の本能を信じ、解き放て。そうすればきっと、お前は誰よりも強くなれる」

「……うん」

実況が次々と精霊たちの名前を呼んでいく。

今日の精霊大戦の参加者は八名の小規模戦だ。

大きな大会になると百人規模なモノも存在するが、そこまでいくと一つの祭りのようなもの。

地方都市なら、これくらいが一般的と言えよう。

『ただ一度の勝利もなし。ただ一度の撃破もなし！　さあ今日こそ初勝利なるか⁉　地方都市ルクセンブルグ最弱とまで言われたこの精霊、しかし愛嬌（あいきょう）抜群固定ファンも意外と多いその名は──ブラックダイヤモンドォォォォォォ！』

以前から思っていたが、酷い紹介内容だ。これを聞いて、誰が喜ぶと思っているのだ。

「いくぞダイヤ。この会場のすべての者の度肝を抜いてやろう」

実況の声と共に、俺たちは歩き出す。がすぐにダイヤが足を止めてこちらを向いた。

「マスターさん……」

「なんだ?」

「ボク、頑張るね」

これが俺とブラックダイヤモンドの初陣。つまり初体験だ!

さあやるぞ俺! 一生の思い出になるように、全力でやってやる!

そしていつか結婚式で言うんだ。

あのときの繋がりがあったから、今ここで幸せなんだよって!

「一生忘れられない思い出にしてやろう」

「もう……ずるいよ。マスターさんの言葉はいつも真っすぐで、凄く温かい気持ちが伝わってきて、本当に……」

そこで言葉を切って、ダイヤはコロシアムの光が漏れる出入口に向かって歩き出した。

多分照れているのだろう。可愛いやつめ。

これが終わったらめちゃくちゃに愛してやるからな!

「さあ、勝つぞ」

「うん！」

心地のいい大歓声を聞きながら、俺たちはコロシアムの中心へとゆっくり歩く。

ちらりと見える掲示板には、それぞれの人気順が記載されている。

「やはり、オッズはこんなものか」

「ううう……毎回見てるけど、やっぱり凹むよ」

精霊大戦ではどの精霊が制するのか賭け事が行われている。

それは地方都市の収入源としてとても重要で、だからこそどの街でも精霊大戦は盛り上がるように工夫されていた。

スクリーンに映し出された俺とダイヤの倍率は百倍。

はっきり言って、尋常ではない数字だ。

もっとも、ただ一度の勝利もしたことのない精霊と、ギルドに登録したばかりのEランクのマスターではこんなものなのかもしれない。

地方都市では倍率に天井が設けられているが、もしなければどこまで伸びたことか……。

「くくく」

「あ、マスターさんなんか悪い顔してる」

「いやなに、今日賭けをしている者たちは、残念だったなと思ってな」

なにせ、この街で一番稼げる日を逃しているのだから。

ふと観客席を見上げると、わずかばかりだが応援団のようなものも見える。全敗でありながらも一生懸命なダイヤだからこそ、特別な人気もあるのだろう。

――頑張れブラックダイヤモンド！　君が頑張る姿は元気になる！　まずは一勝！

大きく書かれた横断幕が見えて、つい微笑んでしまった。

横断幕の周囲にはガルハンやシスター。そして幼い精霊たち。そして応援団の人々。

きっと彼女たちはダイヤのことをずっと信じてきたのだろう。

いつか、なにかしらの運が良ければ、ずっと誰かのために努力を続けてきたダイヤは勝てるはずだと……そんな想いと共に。

そしてそれらは――今日報われる。

『さあ、最後の精霊の入場だ！　燃えよ燃えよ燃えよ！　その怒りは火山の噴火のごとく激しく敵を粉砕する！　地方都市ルクセンブルグ最強の精霊、アマゾネスボルケェェェノォ！』

実況の紹介と同時に噴き出す炎。

そして現れる褐色肌の精霊に、領主の息子ザッコス。

俺たちや他の精霊たちにはなかった、あからさまに優遇された演出に会場のボルテージは最高潮となる。

「どうやらこの間のことがよほどムカついているらしいな。徹底的にこちらを潰す気だ」

先ほどまでわずかにあった、他の精霊たちの応援ムードは一変してアウェーへと変わる。

会場はアマゾネスボルケーノとザッコスの勝利を願う雰囲気一色だ。

彼らはこちらを見下す様に笑いながら、ゆっくりとコロシアム中央へと歩いてくる。

「やあ、この間は世話になったね」

「さてな。特にそんな覚えはないな」

「っ――！」

俺の相手にしないような態度に、ザッコスの顔が真っ赤に染まる。

だがそれも会場から自分を応援する声が聞こえたからか、すぐに余裕を取り戻した。

「ふ、ふふふ……そのすかした態度、絶対に歪ませてやる。ほら見ろよ！」

そうして上空スクリーンに出されたアマゾネスボルケーノのオッズは、ほぼ一倍。つまりこの会場のほとんどが、彼女の勝利を疑っていないわけだ。

「これが現実だよ。さっさと頭を地面につけて謝れば、靴の先くらいは舐めさせてやってもいいぞ」

「ずいぶんとつまらんことを言うではないか。こんなオッズになるような精霊大戦など、運営元の努力不足すぎて涙が出そうだ」

「くっ、こいつ！」

挑発されたから挑発し返してやるとすぐ顔を歪める。この程度で感情を表に出すなどまだまだだな。

「坊主、その辺にしときな」

「ボルケーノ……」

「どうせ精霊大戦が始まれば自ずと決着はつく。アタイたちの圧勝って結果でね」

「……ふ、それもそうか。くくく、お前たちの悔しさに歪んだ顔が楽しみだなぁ」

そんな醜悪な顔をして笑うザッコスと、それを見て肩をすくめるアマゾネスボルケーノ。

どうやら俺が思っているより、彼らの相性は悪くないのかもしれない。

『さあ、それでは最強を目指す精霊とマスターたちが一堂に会しました！　そしてここから先はサバイバル！　最後まで生き残るのは誰か⁉　精霊大戦……スタートです！』

実況の声がコロシアムに響き渡った瞬間、俺たちの身体は一瞬でその場から消える。

——さあ、お前たちが馬鹿にしていた精霊がどれほど強いか、そして誰が最強か、この戦いをもって教えてやろう。

——実況席。

『さあ今日も精霊大戦が始まりましたね！　おおっと、どうやら決戦の舞台は燃え盛る炎の火山帯！　これは精霊たちの体力をどんどん奪っていきますし、長期戦は厳しい環境だあ！　オーエンさん、どの精霊が勝つと思いますか⁉』

『……………』

『オーエンさん？　どうしたんですか？』

『あ、すみません。ただこの名前が気になって……』

『名前？　ええっと、レオンハートとブラックダイヤモンドのチームですか。過去にあまり見ない倍率ですよね。とはいえ、魔力がEランクしかない新米マスターと全戦全敗の精霊では仕方がないかと思いますが……なにが気になるんですか？』

『新米マスター、ですか。たしかに情報ではそうなっていますが……このレオンハートというのは昔、無敗を誇り最強と呼ばれたマスターと同じ名前なので』

『ん？　ああ、なるほど。とはいえ珍しい名前でもないですし、「黄昏の魔王」を語る偽物はたくさんいましたから……ただの同名か、偽物か、そのどちらかでしょう』

『そう、ですよね……ただ、もし彼が本物だとしたら……最弱と呼ばれた精霊と組んだとき、どうなるのかが気になったのです』

自分の身体が再構成されるのがわかる。

基本的に、人間界の生物は精霊界へは入れない。

人間界が物質体（マテリアル）でできているのに対し、精霊界の存在はすべて精神体（アストラル）でできているからだと言われている。

まあ簡単な話、人間が海の中では生きられないというのと同じ話だ。

こうして人間や精霊たちが精霊界に足を踏み込むことができるようになったのは、神の恩恵を受けているからに他ならない。

マスターと精霊が戦う姿を娯楽として楽しむため、わざわざ物質体（マテリアル）である俺たちを精神体（アストラル）に変換しているのだから、よほど神というのは娯楽に飢えているのだろう。

「さて、大丈夫かダイヤ？」

「うん……ちょっと酔ったけど、もう大丈夫」

空を見上げると赤く染まっており、遠くには巨大な活火山がいくつも見える。

「火山帯か……」

精霊界に関してはまだまだ謎が多い。

どれだけ広いのか、どんな場所があるのか誰も知らないのだ。

ただ一つわかっているのは、精霊大戦において過去に同じ場所で戦うことはほとんどないということ。

ランダムで選ばれるステージだが、そもそも精霊界が広すぎることが理由だろう。

無限にも近い広大な世界の中で、同じ場所に呼ばれることは天文学的な数字だと専門家が記事にしていたのを見たことがあった。

それが事実かどうかは定かではないが、少なくとも俺の知っている限りでは一度もない。

「さて、それでは私たちの戦いを始めるぞ」

「うん」

この世界は俺たちからしたら幻想のようなもの。

精霊界と人間界を繋ぐゲートから一定範囲内であれば、たとえ傷つき、倒れたとしても、人間界に戻ったときには傷一つない状態となる。

だからといって、傷ついていいというわけではない。

人も精霊も死を克服するなどできるはずもなく、本能的な恐怖は感じるものだ。

ダイヤはこれまでずっと、戦うという土俵にさえ立たせて貰えず、負けることだけが彼女の存在意義だった。

何度も何度も彼女を襲う死の恐怖に、普通なら心が折れるだろう。

だがそれでも、ダイヤは戦い続けたのだ。家族を守るために。

その魂は、他のどの精霊よりも昇華され、美しいものに違いない。

「いけるな？」

「うん」

ダイヤが頷（うなず）くと、彼女の身体が薄く光る。同時に、大気中のマナが光り輝いて彼女を覆うように集まった。

「……美しい」

手が、足が、身体が、顔が……。

ブラックダイヤモンドを構成するすべてが塗り替えられていく光景は、感動的なものだった。

――精霊装束。精霊たちが戦うために生み出された、精霊界でのみ纏（まと）うことのできる最強の衣。

ダイヤの場合、黒をベースに緋色（ひいろ）のラインの入った東方の民族衣装に、まるで赤鬼（オーガ）をモチーフにしたような髪飾り。

大きく開かれた胸元からははっきりと彼女の谷間が見え、紅（あか）い帯で締められたくびれといい、膝丈より短い丈と黒タイツの間からわずかに見える太ももといい、あまりにも健康的で眩(まぶ)しい。

サングラスをしていなければ、俺はその太陽のような光に目を焼かれていたことだろう。

そして、彼女の手には大剣と斧(おの)の特性を合わせた、ハルバードが握られている。武骨なそれが、ダイヤの小さな身体とのギャップでさらに魅力を引き出していた。

「どう……かな？」

「……よく似合ってる」

「えへへ、ありがとうマスターさん」

嬉(うれ)しそうに笑う彼女に俺は目が離せない。

ヤッベェヤッベェヤッベェよ！

最近ちょっとシリアス風になってて変な考え持てなかったけど、生ダイヤ精霊装束まじヤバイ！

なにがよく似合っているだ！　もっと言えることがあるだろ頑張れ俺の語彙力！

観客席から見たときとは違う！　近くで見る精霊装束のダイヤが可愛(かわい)すぎて俺の心がボルケェエエノ！

そんな風に心が高ぶっていると、遠く離れた火山が噴火した。

まるで俺の心を映しているようではないか！

「お出ましか」

同時に、三人の精霊たちが近づいてくることに気が付いた。

「……え？　なんで？」

ダイヤが戸惑った様子を見せる。

精霊大戦は最後の一人になるまで戦うデスマッチ。

それゆえよほどの理由——たとえば絶対に一人では勝てない相手がいるとかでない限りは、精霊同士が組んで戦うことはしないはずなのだが……。

「どうやらあのゴミ屑は、よほど私たちが気に喰わないらしいな。こうなると、他の三体の精霊たちもアイツの手の者と見ておいた方がいいだろう」

「そんな……そこまでするなんて」

先ほどまでと違い、若干不安そうな顔をするダイヤ。

こんな顔は見たくない。俺が見たいのは、太陽のように笑うダイヤの輝きなのだから。

「ふっ、面白い」

「え？」

だから俺はあえて自信満々に振舞う。こんなのは、窮地でもなんでもないという風に。

「なにを怯(おび)えている？　私は言ったはずだ、お前は誰よりも強くなれると。たとえ三対一だろうと、他の精霊が全て敵だろうと関係ない。何度でも言ってやろうダイヤ――
　――私たちが、最強だ。」

「あ……」

「それとも、私が信じられないか？」

「……ううん。マスターさんのことは、信じてるよ」

精霊とマスターの心の繋(つな)がり。それこそが精霊大戦における、もっとも重要なこと。

「そうか。であれば見せてくれダイヤ。お前の強さを」

「……うん！　ボクはもう、二度と負けない！」

そして、彼女は俺の目の前から飛び出した。

「「「え？」」」

まさか三対一にもかかわらず迎撃に出るとは思わなかったのだろう。すぐ傍(そば)まで迫ってきていた精霊たちが驚いたように身体を止める。

「やあああああ！」

「きゃ、キャァァァ⁉」

空を飛ぶ彼女たちよりもさらに上空。

まるで太陽を背負ったようなダイヤが、手に持ったハルバードを思い切り振り下ろす。

その動きはこれまで見てきた彼女のものとは違い、俊敏で、力強く、ただ一撃で一体の精霊を金色のマナへと還してしまった。

「こ、この！」

「最弱精霊のくせに！」

慌てた様子で残った精霊たちがそれぞれの武器を構える。だが――。

「今は、もう負ける気がしない！」

再び一閃。ただそれだけで敵対していた精霊たちは吹き飛ばされる。

――強い。

こうなると信じていた。だが実際に彼女の強さを見て、俺は改めて確信を抱いた。

この子となら、エメラルドと二人だけでは辿り着けなかった頂きへと辿り着けるのだと。

「マスターさん……ボク倒したよ！　初めて倒した！　他の精霊を倒したんだ！」

「ああ」

「三人も！　ねえねえ、見ててくれたよね⁉　ボクが倒したんだよ⁉」

感極まったように何度もそう言う彼女は可愛い。

ただ可愛い。可愛い以外になにも言えねぇ。語彙力役に立たねぇなぁ。

なにも言えないから、俺はゆっくり彼女に近づくと、その頭を撫でながら一言。

「よくやった」

「っ――うん！」

もう少し気の利いた言葉を言えたらいいんだが、まあダイヤが嬉しそうだからいいか。

「さあ、残りの精霊たちも倒してしまおう。それで、私たちの勝利だ」

「よーし、やるぞー！」

気合十分に身体を揺らすものだから、色々揺れててとても眼福だ。

そもそもダイヤの精霊装束はちょっと露出が多いというか、谷間とかスカート丈とか童貞の俺を殺しにきているとしか思えない。

俺の心も滾ってきた。それと同時に不安に思う。

こんな色っぽさと未成熟さのコンビネーションを連続で放ってくる彼女を見ていたら、俺は今日死んでしまうかもしれない。

ごめんな十年前の俺、ハーレムの夢を叶えられないかも。だけど今の俺はこれで大満足だから、許しておくれ。

そんなふざけたことを思いながら、火山帯を歩き、ついでに二体の精霊を撃破した。

間章　実況席にて……

——実況席。

『な、ななな！　なんということでしょう！　ブラックダイヤモンドだ！　ブラックダイヤモンドが強い！　ブラックダイヤモンド、他の精霊たちを一蹴！　つい先日までただ一度の勝利も手にしたことのなかった最弱精霊の逆襲劇が始まるのか⁉　このような展開、いったい誰が予想したということでしょうか！』

『これは……』

『解説のオーエンさん！　これはどのようにみた方がいいのでしょう⁉　やはりあのマスターがなにかをしたのでしょうか⁉』

『少しだけ待ってください……』

実況の興奮気味な言葉に、オーエンは巨大なファイルを取り出す。

そこにはこの都市に住む精霊たちの、精霊大戦の戦績表が書かれていた。

『やはり……』

『やはり？　オーエンさん、もしやあのマスターになにか秘密が……？』

『これを見てください』

『これは……この地方都市における精霊大戦の戦績表ですね。これがなにか？　やはりブラックダイヤモンドは全戦全敗だという事実が書かれているだけでは……』

オーエンは恐ろしいものを見たと言わんばかりに顔を強張らせ、首を横に振る。

『精霊たちは戦えば戦うほど強くなると言われています。それは精霊界におけるマナを吸収することで、精霊としての格が上がるから』

『そうですね……それがいったい？』

『精霊大戦は一回参加するだけで精霊に凄まじい負担がかかります。そのためほとんどのマスターは参加すれば、精霊を二週間以上休ませます』

そうしてファイルをめくり、ある精霊を指さす。

『この都市で二番目に戦績がいい精霊、グランドダッシャー……通算35戦28勝』

『アマゾネスボルケーノがいなければ、間違いなくこの地方都市ルクセンブルグ最強を名乗れる大地の精霊ですね』

『はい。マスターの実力とともに中央付近で戦っていてもおかしくない強さです。そのアマゾネスボルケーノの戦績は、通算48戦48勝』

『勝率百パーセント。彼女が出るとわかるだけで参加を取りやめるマスターも多い、名実ともにルクセンブルグ最強の精霊。登場してから二年間負けなし……改めて数字で見ると凄まじい戦績です』

他の精霊たちの資料を順番に開きながら、10戦3勝、26戦10勝など説明していき――。

『そしてブラックダイヤモンド……２６４戦２６４敗』

『……え？　に、ひゃく？』

『規模の大小はあるとはいえ、ほぼ毎日行われている精霊大戦。そのほとんどに彼女は休みなしで参加しています。この都市ではそれが当たり前になっている光景だった。ルクセンブルグの精霊大戦において、必ず負けるブラックダイヤモンドというのは日常だった。だから誰も気づかなかった。ですが……』

信じられない、とオーエンは天を仰ぐ。

『もっと早く気付くべきでした。ブラックダイヤモンドという精霊の異常性を。そしてこの都市のおかしさを……』

慌てて実況が他の精霊たちの資料を読み始める。

『これも、これも、これも！　どの都市の資料を見ても、１００戦以上している精霊なんて、どこにもいない！』

『精霊たちにとって精霊大戦の負担はそれほど大きいのです。戦うという精神的疲労、そしてなにより精霊界からマナ吸収する行為そのものが、凄まじい負担となる。精霊たちが精霊大戦から引退するそのほとんどの理由が、マナの限界摂取です』

マナの吸収が限界を超えた精霊は、長時間精霊界にいることができなくなる。

またそれ以上マナを吸収できなくなるため強くなれず、精霊大戦から引退するのだとオーエンは言う。

『これまで見たところ、ブラックダイヤモンドはまだ過剰摂取状態にまで至っていない。つまり、限界に達していない成長途中です』

『なんと……』

『中央に進出する精霊たちはその圧倒的な強さから出身地方では様々な呼び名で呼ばれます。天才、神童、無敵、最強……しかしもし彼女を一言で表すとしたら私はこう呼ぶでしょう――』

――怪物、と。

オーエンは静かに興奮しながら、生唾を飲み込んだ。

そして思う。もしこれまで誰も目覚めさせることのできなかった怪物を呼び起こしたのがあのマスターなのだとしたら、やはり――。

第五章　黒い怪物

まったく末恐ろしい。これでまだ成長途中だというのだから……。

やったー、倒したーと喜びながら飛び跳ねるダイヤ。

俺はそんな彼女の揺れる二つの丘を眺めながら、興奮を抑えられずに生唾を飲み込んでいた。

顔に出すわけにはいかない……冷静に、冷静に……。

「よくやった」

「うん！　あとは……」

「グランドダッシャーとアマゾネスボルケーノの二人だな」

この都市最強と呼ばれているツートップ。その名を出した瞬間、ダイヤの顔が少し曇る。

「……二人とも、凄く強いから」

「心配するな。お前には私が付いている」

「そう……だね！　マスターさんと一緒ならボク、誰が相手でも負けないよ！」

「言ってくれるじゃねぇかぁぁぁ！」

「っ——!?　マスターさん！」

突然、俺とダイヤの足元から叫び声が聞こえてくると、地面が浮かび上がった。

すぐにダイヤが抱きしめながら躱してくれたから事なきを得たが、あのままあそこにいたら俺は死んでいたかもしれない。

「おいグランドダッシャー。不意打ちするのに声を上げるなよ逃げられたじゃないか」

「なんで俺様が雑魚精霊相手に不意打ちなんて卑怯な真似しなきゃいけねぇんだ。こういうのは正面からでいいんだよ」

「はぁ……人の魔力を使っておいて……まあいいや。別にあれで決まるなんて最初から思ってなかったし」

地面から出てきた二人組。グランドダッシャーとそのマスターが言い合いをしている。

——で、デカい……。

身長もだが、それ以上に圧倒的ボリュームな胸に俺は思わず視線を鋭くさせてしまう。

短く刈り上げたスポーツマンのような赤茶色の髪の毛。それに頬に入った鋭い傷。歴戦の戦士といった風貌。

なるほど……悪くない。

「へぇ……マスターのくせに中々鋭い殺気を放ってくるじゃねえか。うちのナヨナヨしたのも見習ってほしいぜ」

「誰がナヨナヨしただ。というか、どう見ても裏稼業っぽいマスターにビビるんだけど」

「はっ、ビビりかよ。まあそんなビビりのマスターを助ける健気(けなげ)な精霊が、その恐怖を振り払ってやるから、せいぜいサポートしろよ！」

グランドダッシャーが敵意ある視線でこちらを睨(にら)む。同時に敵マスターが魔力を高めた。

「行くぞグランドダッシャー！　『フィジカルブースト！』『スピードアップ！』」

「おおお！　きたきたきたー！　相変わらずお前の魔法は良い感じだぜー！」

マスターによる魔法支援。それは精霊の能力を底上げするものだ。

その補正値は魔力量に依存するといわれている。だからこそ、強大な魔力をもったマスターのランクが重要視されるようになっているのだ。

他にも精霊が強力な魔法を使うためには、マスターの魔力が必要になる。

つまりなにが言いたいかというと、マスターの支援を受けた精霊の能力は一気に跳ね上がるということ。

「先ほどまでのように油断をしてくれて、手を抜いてくれていればいいものを」

「マスターさん！　来るよ！」

先に倒した五体の精霊たちは、いずれもダイヤの実力を見誤りマスターの支援を受ける前に倒した。

だからこそ彼女も感じているはずだ。グランドダッシャーは、先ほどまで倒した精霊たちとは格が違う、と。

「行っくぜー！　覚悟しやがれ雑魚精霊！」

すぐそこまで近づいてくるグランドダッシャー。その手には石でできた巨大な斧。あれで叩き潰されれば、俺などぺちゃんこどころか木っ端微塵に吹き飛ぶだろう。

「ダイヤ……いけるな？」

「……うん。大丈夫。マスターさんはただボクを信じて見ていて。それだけで、いくらでも力が湧いてくるんだ」

「ああ……なら見せてくれ。お前の輝きを！」

「死にやがれー！」

凄まじい勢いで振り下ろされる石斧。それをダイヤは正面から受け止め、恐ろしく鈍い音が周囲に鳴り響いた。

「んなぁ!?」

「やあああああああ！」

「な、あ、ぐ……うわぁっ!?」

グランドダッシャーの巨体をダイヤが一気に弾き返す。そうして上半身をのけ反らせてしまい、隙だらけだ——。

「う、嘘だろ!? グランドダッシャーのパワーはこの都市でも一、二を争うんだぞ! なんでブラックダイヤモンドなんかに!」

「喰らええええぇ!」

「ヤッベェ! 避けられねぇ!」

「グランドダッシャー!? 間に合え、『マテリアルシールド!』」

ダイヤの叫び声とともに、手に持ったハルバードを一閃。

グランドダッシャーの防御力を上げる魔法が彼女の身体を覆うが、それすら一撃で砕き、そのままグランドダッシャーの身体を斬り裂いた。

「かぁッ!? シールド、ごと……? こいつ、つ、つえぇ……」

「グランドダッシャー!? くっそぉ……ここまでか」

精霊は敗北したら金色のマナに変わり、そして人間界へと戻って行く。そしてそれはマスターも同じこと。

彼らは光となり、キラキラと風に乗って消えていった。

「マスターさん……」

「よくやった」

先ほどのマスターの魔力はCランク。それにグランドダッシャーの精霊としての実力も低くはないのを俺は知っている。

それでも圧倒するダイヤは、やはり最高につよ可愛い。

やはり可愛いは正義、可愛いは最強ということだろう。

「あと一人だ」

「うん」

こちらの戦いを離れたところで見ていた精霊とマスターを見る。

アマゾネスボルケーノは満面の笑みを浮かべ、ザッコスは悔しそうな顔をしていた。

その表情を見るだけで、どのようなことを考えているのかがまるわかりだ。

「高みの見物とは、良い身分だな」

「こ、この！　なんで屑鉄とEランクの雑魚マスターがこんな！　どうせ、インチキしてるんだろ！」

「心外だな。ただブラックダイヤモンドという原石を、この都市の人間が見抜けなかっただけだというのに」

俺は改めてダイヤを見る。このクリッとした愛らしい瞳。首から鎖骨までのラインは流麗に流れ、しっかりとその存在感を主張する二つの山から腰の谷。

スラッとした太ももは、触れれば絶対にすべすべしてる。丸いほっぺはぷにぷにしてる。

色んな所をもみもみしたい！

完璧だ。パーフェクトだ。素晴らしい。

ああ神様、このブラックダイヤモンドという存在を生み出してくれてありがとう。そして俺と出会わせてくれてありがとう！

「屑鉄は屑鉄だ！　原石なんて大層なものじゃない！」

「……愚かな」

ああ、人間という種族は愚かだ。なぜこの素晴らしき存在をもっと愛せないのか。なぜこの世はこんなにも残酷なのか！

「お前たちは精霊たちの本質を見れていない」

「ほ、本質だと……？」

「それがわからない限り、私に勝てる者などいないだろうな」

世間一般的には精霊の強さはマスターの魔力量に依存すると言われているが、それはたしかに間違いじゃない。ただし、正解でもない。

それならば、強い魔力を持ったマスターだけがいればいい。もっと言えば、強くなりたいと思う精霊たちにとって、俺みたいな雑魚マスターなど必要ないのだ。

それでもエメラルドティアーズが、そしてブラックダイヤモンドが俺みたいな男を『マスター』として必要としてくれるのならば、彼女たちの本能には『魔力以上に必要とするなにか』が存在するのは間違いない。

そして俺はそれを――愛だと信じている。

「なんなんだよ！　精霊なんて魔力さえ与えていたら勝手に強くなるだろ！　それ以外になにがあるって言うんだよ！」

「おい坊主。これ以上の御託は良いだろ？　あの男の言う本質がなんなのかなんて気にする必要はない」

「ボルケーノ……だけど！」

「アタイが勝つ。それで全部終わりさ」

アマゾネスボルケーノが獰猛な笑みを浮かべて一歩前に出る。

地方都市ルクセンブルグ最強の精霊というだけあり、中々の威圧感だ。

「は、ははは、そうさ。こいつがいる限り、僕は無敵だ！　見せてやれボルケーノ！　僕たちが最強だってことをな！」

「まったく坊主は相変わらずだねぇ。まあそこが可愛いとこでもあるんだが……アタイとしてては自由に暴れさせてもらってる分はちゃんと坊主に勝たせてやるよ！」

自信があるのだろう。逃げも隠れもしない、ただ真正面からすべてを叩き潰すという、そんな気迫を彼女から感じられた。

その手には巨大な棍棒。

ただの鈍器に見えるそれは、精霊の『心』を具現化して生み出された強力な武器――。

――精霊心具。

かつては強大な魔物たちを相手取り、勝利を収めてきた精霊たちが誇る最強の武器。

精霊と共に成長し、より強く、より強大な力を放つようになる。

先ほど倒したグランドダッシャーが持つ石斧や、ダイヤが持つハルバードもそうだ。

最強の防具である精霊装束を『精霊の魂』とするなら、精霊心具は『精霊の心』そのものと言ってもいいだろう。

つまり、精霊同士の戦いは、その心のぶつかり合いと言っても過言ではない。

「さあ、叩き潰してやるよ！」

「来るぞダイヤ。準備はいいな？」

「うん！　見ててねマスター。ボクが、勝つところを！」

そうして二人の精霊が同時に飛び出す。

己の心をぶつけ合うように、凄まじい勢いで己の精霊心具をぶつけ合った。

「ハァァァ！」

「ウォォォ！」

鈍い衝撃音。最初の一撃は、ほぼ互角。

「負けない！　ボクは、負けない！」

「――っ!?　こいつは！」

「ハァァ！」

端から見れば子どもが癇癪を起こして武器を振り回しているようにも見える。

そんなダイヤの攻撃は、それでも鋭く、重く、速い。

まるで嵐のような連撃に、最初は弾き返せていたアマゾネスボルケーノが焦りの表情を見せ始めた。

それでも隙を見せないのは、元来の実力とこれまで戦い続けてきた経験ゆえだ。

だが、今のダイヤを相手取るには力が足りない。速さが足りない。

たとえ経験値が高かろうと、技量が高かろうと、それをすべて叩き潰せるだけの力が彼女にはある。

このままいけば、問題なく地方都市最弱のブラックダイヤモンドが最強のアマゾネスボルケーノを打ち砕くだろう。

「ちぃっ！」

これ以上は防げない。そう判断したアマゾネスボルケーノが大きく飛び退（の）いて、ザッコスの傍（そば）までいく。

「おいボルケーノ！　あんな屑鉄相手になにやってんだよ！」

「悪いね坊主。半信半疑だったんだけど、ありゃ駄目だ。このままじゃ勝てそうにない」

「っ――！」

「だから、悪いんだけど坊主の力、分けてくれないかい？」

「……それで、勝てるんだな」

「ああ……坊主は性格最悪だが、アタイとの相性はバッチリだからね。アンタの力借りてまで負けるわけには、いかないだろ？」

「いいだろう。その代わり、死んでも勝てよ！　魂を燃やしてすべてを破壊し蹂躙（じゅうりん）しろ！　『ベルセルク』！」

ザッコスの魔力が一気に解放され、その全てがアマゾネスボルケーノに向かう。

それを心地よさそうに受け止めた彼女は、笑いながらただ一言――。

「あいよ」

その瞬間、これまでとは次元の違う殺意が俺たちを襲う。

「マ、マスターさん。これは……」

「なるほど、たしかにこれは『地方都市最強』だな」

少なくとも、こんな場所で遊んでいていいレベルではない。

それに——。

「どうやら私はあの男を少し舐めていたらしい」

従来のアマゾネスボルケーノの力に、そして理性の大半を吹っ飛ばして超強力な力を得る支援魔法『ベルセルク』。

通常の『フィジカルブースト』や『スピードアップ』に比べてはるかに習得が難しく、そして必要な魔力量も桁違いの大魔法だ。

その分、得られる恩恵も桁外れだが、当然その代償はある。

「Bランク……か」

俺にはこんな魔法は決して使えない。

どうしても生まれ付いたこの才能が許してくれないのだ。

「ひ、ひひ！　どうだ！　こうなったボルケーノに、勝てる奴なんていないぞ！」

大きな汗をかきながら、呼吸も荒いままにこちらをあざ笑う男は、おそらく立っているだけでもきついはずだ。足が生まれたての小鹿のようにプルプルしてるし。

それでも意地か執念か、どちらにしても並のプライドではこうはいかないだろう。

そして『ベルセルク』の恩恵を受けたアマゾネスボルケーノは、先ほどとは違う。

凶悪な瞳でこちらを睨みながら、嗤っていた。

「く、くくく、かははは……まさかアタイがこんなチビにここまでやられて、しかも坊主の力を借りる羽目になるなんてねぇ」

「うっ――」

「まあでも、いい気分だよぉ。今からなにも余計なことを考えず、ただ破壊の限りを尽くせばいいだけなんだから！」

一歩、二歩とアマゾネスボルケーノが近づいてくる。

その殺気を受けたダイヤは恐れるように身体が強張っていた。

「……怖いかダイヤ？」

「え？　あ、違う！　違うよマスターさん！　これは、これは……」

まるで悪いことをして叱られることを恐れる子どものように、ダイヤは首を横に振る。

だが身体は震え、怯えているのはわかった。

「恐怖を感じることは、悪いことではない」

「……え？」

「人も精霊も、いや生きとし生きる全ての者はその根底に『恐れ』を抱いているものだ」

俺がこうして冷静で格好いい男を演じているのも、エメラルドに、そしてダイヤに嫌われるのを『恐れている』からだ。

本当の俺を見せる自信がない。だから俺はずっと、スタイリッシュに格好いい俺として生き続けている。

それが苦しいと思ったことは何度もあった。

だがしかし、喜ぶエメラルドたちの姿を見れば、そんな苦しさなどすぐに忘れられた。

「ダイヤ……私たちは恐怖を乗り越えることができる」

「ど、どうやって……？」

「簡単だ。それは――」

「くちゃくちゃくちゃくちゃ、戦いを前にお喋(しゃべ)りしてんじゃないよぉぉぉ！」

俺のセリフを遮る形で凄まじい怒号とともに、アマゾネスボルケーノが飛び出してきた。

「っ――!?」

その強烈な殺気と気迫に呑(の)まれたダイヤは……固まっている。

「……仕方あるまい」

「え？　ま、マスターさん……なにを？」

迫りくるアマゾネスボルケーノに向かって、俺はダイヤを庇うように一歩前に出る。コートを外し、動きやすい格好にして迎え撃つ構えを取った。

「マスターさん！　だめ、駄目だよ！」

別に、精霊大戦でマスターが戦ってはいけないというルールはない。ただ、精霊相手に勝てる人間などいるはずがないから誰もやらないだけだ。

だがもし、精霊を相手取れるマスターがいたら？

その時は、精霊大戦の歴史が変わるだろう。

「来い……格の違いを見せてやろう」

「人間が、舐めてんじゃャナイヨオォォォォ」

怒号と共に振り下ろされたアマゾネスボルケーノの棍棒が、すさまじい勢いで俺を叩き潰そうと迫ってくる。

それを俺は、まるでスローモーションのように見えていた。

それを冷静に見ながら、俺は彼女の動きがあまりにも遅いと思った。まるで世界が俺だけを残してスローモーションになったようだ。

周囲にはなにかイラストの描かれた大量の紙が舞っている。

よく見るとそこに映っているのは俺の姿。それにエメラルドとの出会いやこれまでの戦いの軌跡、つい最近のダイヤとの出会いまである。

――なんだこれは？

明らかに異常な光景。

たしかに俺は普通より鍛えてはいるが、それはあくまでも人間の範疇でしかない。

超常の力を持つアマゾネスボルケーノの攻撃を見切れるわけもないのに、俺の目ははっきりと彼女の心具を捉えている。

これならば簡単に避けることができそうだ。

周囲に流れる紙やこのゆっくりと進む時の中、俺は一つの答えに辿り着いた。

「そうか、これが覚醒したということか」

精霊たちは精霊界で戦いマナを摂取することで、その存在を高めていく。

そしてある一定を超えると、一段階上の力を有するようになるのだ。

そしてどうやら、俺は人間でありながら『覚醒』してしまったらしい。

「ふっ、なるほどな」

今の俺は最高のコンディション！

ここで俺が華麗にアマゾネスボルケーノをやっつければ、きっとダイヤも俺にべた惚れになるに違いない。

『マスター、とっても格好よかったよ！　抱いて！』

『仕方ないなダイヤは。ほら、こっちに来るがいい』

「ふ、ふふふ、ふふふふふ」

最高だ、完璧だ、素晴らしい未来だ！

「その未来のため、アマゾネスボルケーノには悪いが、ここで決めさせてもらおう」

そうしてゆっくりと近づいてくる巨大な棍棒。

もし普通の状態だったら、俺の身体は地面に陥没して、悲惨なことになっていたことだろう。

だが今は違う。しっかり見極めて避けてしまえば——。

「ところで、身体が動かないのはなぜだ？」

迫る棍棒。それを見る俺。

今ゆっくり見えているのは錯覚で、アマゾネスボルケーノの動きを見切ることなど普通はできるはずがないものだ。

だが覚醒した俺なら避けるのも容易い。

そう思っていた瞬間が俺にもあり、そして現実は——。

「これ……走馬灯だ」

周りの紙は俺の今まで歩んできた歴史。

つまり、死の間際に世界がゆっくり見えるというあれである。

そして残念ながらその世界に意識はあっても身体はない以上、動けるはずもなく、無情にもアマゾネスボルケーノが迫る。

「あ、俺死んだ」

そして、ゆっくり動く世界が現実を侵食し始めて——。

「駄目ェエ！」

「ガァ⁉」

愛らしい女の子の叫び声とともに、時が動き出す。

「おお……」

「マスターさんは、ボクが守る！」

「グワッ⁉」

咆哮と共に現れたダイヤが、強烈な一撃を叩きこむ。

とっさに防御をしたアマゾネスボルケーノだが、俺に攻撃しようとしたせいか態勢が整わず、遥か遠くまで吹き飛ばされた。

そしてアマゾネスボルケーノを吹き飛ばしたダイヤは、胸を揺らしながら俺の前に立つと思い切り肩を摑み——。

「マスターさん！」

「む、なんだ？」

「なにやってるの⁉　いや本当になにやってるの⁉　マスターさんは人間なんだから、精霊と戦おうなんてしちゃ駄目に決まってるよね⁉　もう少しで死んじゃうところだったんだよ⁉」

「精霊界で死んでも、マナになって元の会場に戻るだけではないか」

「それでも恐怖は感じるでしょ⁉　痛みだってある！　たしかに人間界には帰れるかもしれないけど、普通に死ぬのと変わらないんだからね！」

「ふむ……」

凄まじい剣幕で俺に迫るダイヤに、俺は内心タジタジだ。

正直に言う。可愛いからずっと見ていたいけど、同時にちょっと怖い。

「もう一回聞くよ⁉　なんでこんなことしたの⁉　死ぬのは、怖いんだよ⁉」

「だが、私は死ななかった」

「それはっ！」

「ダイヤが守ってくれたからな。もちろん私もアマゾネスボルケーノに勝てるなんて思っていないさ。ただ信じていただけだ。私の、大切な精霊のことをな」

嘘ですごめんなさい。めっちゃ勝てるとか思ってました。ついでに言うと、格好いい姿を見せられるとか妄想してました。

「ま、マスターさん……」

「そしてお前は見事、私の信頼に応えてくれたな。お前なら絶対に恐怖に打ち勝ち、私を守ってくれると信じていたぞ？」

「あ……もしかしてマスターさん、恐怖に足が竦んでいたボクが立ち直れるように、わざと……？」

「言っただろう、恐怖を感じることは決して悪いことではない、と。なぜならそれを乗り越えたとき、更なる高みに立てるのだから」

俺がそう言うと、ダイヤは真剣な表情で見つめて来る。そして己の震える掌を見つめて、それを握り込んだ。

「でも……もしボクの力が通用しなかったら、どうするつもりだったの？」

「そんな可能性は、万に一つもない」

「え……？」

「何故(なぜ)ならブラックダイヤモンドという精霊は『誰かを守るとき』、他のなによりも強い力を発揮する精霊だからだ」

精霊は己が強くなることを、本能として刻まれている。それは己の意思でどうこうなるものではなく、だからこそ精霊大戦という戦いに勝つことを渇望(かつぼう)していた。

勝つな、というのは精霊にとって息をするなというのと同義だ。

だが、この子はそれでも従った。戦い続けた。

己の家を、家族を、居場所を守るために。

ダイヤの頭を撫(な)でるように、俺は優しく手を置いた。

「お前は凄(すご)い精霊だ。数多(あまた)の精霊たちを見てきたが、お前のように『誰かを守るために』己を犠牲にして戦える精霊は見たことがない。だから信じた。お前なら、きっと私を守ってくれるとな」

「……うん。守るよ。これからも一生、ずっと、マスターさんのことは、ボクが守る！」

「ああ……」

もう結婚する。絶対結婚する。だってこの子、超いじらしいし超可愛い。

そう思ってダイヤの小さな身体(からだ)を抱きしめようとしたところで、遠くから飛んでくるアマゾネスボルケーノが見えた。

くそぉ……あと少しでこの柔らかい身体を堪能できたのに……。

「アンタラァァァ、このアタイを、舐めるなァァァ！」

「──っ！」

瞳は真っ赤に血走り、筋肉は先ほど以上に膨張している。

こちらを見る目はまるで正気を失った狂戦士であり、彼女は咆哮しながら巨大な棍棒を振り上げてこちらに飛んできた。

まるで活火山が噴火をしているかのような、鮮烈なまでの激怒。

彼女が本気でこちらを叩き潰そうとしているのが、はっきりと伝わってきた。

「行けるな？」

「うん。もう、怖くないよ」

「よし。敵は荒れ狂う暴虐の化身となったアマゾネスボルケーノ。だが、ダイヤには『守る力』がある」

「うん……」

「私を守ってくれるのだろう？」

「うん、見てて。ボクの背中を、すべてを！」

そうしてダイヤは空を飛ぶ。精霊たちの花形と言ってもいいであろう、空中戦を仕掛けたのだ。

彼女が飛び立った瞬間、一陣の風が吹いた。

そして揺れる彼女の精霊装束。

「ああ……すべてを見ているとも」

やはり、映像魔法越しではなく生で見るのは最高だ。

色々な部分がしっかりばっちり鮮明に見られる。

そうして俺は瞬き一つせず、ただただブラックダイヤモンドを見続けていた。

——実況席。

『アマゾネスボルケーノとブラックダイヤモンドの一騎打ち！　凄まじい戦い！　こちらにまで伝わってくる熱い波動と気迫はこれまで見てきた戦いとはまるで次元が違うぞ！　どうなる！　これはいったいどうなってしまうんだ⁉』

『アマゾネスボルケーノに使われている魔法の「ベルセルク」は、理性の大半と引き換えに超常的な力を発揮する強力なものです。本来ならマスターの支援なしで戦える相手ではない。なのに、これは……』

『これが、これが最強と最弱の戦いなのか⁉　ブラックダイヤモンドは真剣な表情だが、しかし自分のほうが上だと言わんばかりに攻め始めた！　それに対してアマゾネスボルケーノは苦しい表情！　苦しい！　明らかに押され始めてきたアマゾネスボルケーノ！』

観客席からは怒号と悲鳴と歓声が混ざり合った声が上がる。

『さあ観客たちも落ち着かない様子です！　当然でしょう、アマゾネスボルケーノに賭けた人たちにとっては悪夢！　そしてブラックダイヤモンドに賭けた人たちにとっては奇跡！　この戦い、もはや誰も予想ができなかった展開だ！　行くのか⁉　このままブラックダイヤモンドが押し切るのか⁉　奇跡は、奇跡は本当に起こるのかぁぁぁ⁉』

『……レオンハート』

興奮した様子の実況に対して、解説のオーエンだけが冷静に精霊大戦を、その中でも一人の人物を見る。

その瞳に映るのは、銀色の髪の青年。

かつて『黄昏(たそがれ)の魔王』とまで呼ばれたマスターと同じ名前、そして面影を持つ青年をただ一人、じっと見つめていた。

第六章　決着

見える、見えるぞ！

やはり空中戦は精霊大戦の花形。

その大迫力なぶつかり合いと、そして揺れる精霊装束！

「久しぶりだが……素晴らしい」

精霊は可愛い。精霊は美人。精霊は良い子。

そんな彼女たちの己の魂をかけた戦いは、見る者を魅了する。

もちろん俺もそんな精霊たちの戦いに魅了された者の一人だ。だからこそ、ほんのわずかな出来事すら見逃したくないと思ってしまう。

――つまり、目が離せないのは仕方がないことなのだ。そこに下心など欠片もない、ただ純粋な気持ち。

「ああしかし……そんなに激しく動いたら映像魔法の先の変態たちに見られてしまう……いやわかっている、映像魔法には特殊な力が働いているから見えないようになっていることを。だが、だが――」

人間というのは不思議なもので、見えないなら見えないなりに見てしまうのだ。

そう、心の瞳で。

「ブラックダイヤモンドは私のなのに、変態たちに見られていると思うと心が張り裂けそうだ！　これは戦いが終わった後、彼女たちを抱きしめて回復しなければ！」

そうして俺は必死に戦い続ける精霊たちの演舞を見る。

理性と引き換えに精霊を超強化する魔法『ベルセルク』。

それによってアマゾネスボルケーノは、通常時の何倍ものパワーと能力を手に入れた。

はっきり言って、マスターの支援なしで戦えるレベルを遥かに超越している。

この都市で戦っている精霊たちが束になっても、今の彼女には一蹴されてしまうことだろう。

だがしかし——。

「ダイヤ……お前は本当に」

空中戦を制しているのは圧倒的なパワーを手に入れたアマゾネスボルケーノではなく、ブラックダイヤモンドの方だった。

強靱（きょうじん）な腕と巨大な棍棒（こんぼう）から繰り出される、破壊の一撃。それは重く、速く、強い。

だがダイヤはそれを正面から防ぎ、押し返す。

それができるのは、ひとえに彼女の潜在能力の高さ故だろう。

「そ、そんな……なんでボルケーノが押されてるんだよ！　おかしいだろこんなの⁉　こいつはなんの魔法も使ってないんだぞ⁉」

「ふ……そんなこともわからないのか」

「な、なにぃ⁉　いやお前、せめてこっち見て言えよ！　なんで空を見上げっぱなしなんだよ！」

「喚く男より空を美しく舞うダイヤの、ヒラヒラと誘惑してくるスカートを見ていた方がいいに決まっているからだ。

「仕方ない。なにもわかっていない貴様に、少しだけ教えてやろう。精霊とは——」

「だからこっち見ろって！」

「……人の言葉を遮るな」

興が冷めた。もう教えてやらない。

「黙って見ていろ。この戦いを見て、それでもなにもわからないのであれば、貴様にマスターたり得る資格などない」

「くそ！」

基本的に、魔力を使いきったマスターにできることはない。

そして元々魔力のほとんどない俺には、実は最初からできることはほとんどない。

「教えろ！　どうやってあの屑鉄をあんな、あんな――！」

最初はほぼ互角だった戦いも、時間が経つにつれてダイヤが優勢となる。

もはや遠目で見ても明らかなそれに、ザッコスが焦ったような声を上げるが、もうなにも教えてやらないのだ。

「僕はBランクの魔力であいつを強化してるんだぞ！　しかもただの強化じゃない！　難しいと言われている『ベルセルク』を使ってだ！」

「魔力で強化か……ところで、そこに愛はあるのか？」

「……なに言ってるんだお前？　愛って……頭おかしくなったんじゃないのか？」

「ふぅ……」

やはりこの世界はおかしい。なぜ人はあれほど愛らしい生き物を愛せないのだ。

ブラックダイヤモンド、エメラルドティアーズ。可愛い。とても可愛い。

彼女たちだけではない。他の精霊たちも多種多様であれ、みんな美しいものだ。

普通なら魅了されて正常な判断ができなくなるはず。

それなのにこの世界は精霊を愛することは『頭のおかしい行為』だという。

誰だこんな世界にしたやつ、ぶっ殺すぞ。

「きっと、貴様にはなにを言っても伝わらないのだろうな」

残念だ。本当に残念だ。

こんな世界だからこそ、俺は苦労している。こんな世界、ぶっ壊してやる。

「私は行くぞ。【ラグナロク杯】を制して、天空の塔(バベル)を攻略し、そして神に会う」

「なっ——⁉」

「そして、この世界をすべて変えてみせる！　今日は、そのための第一歩でしかない」

こいつのような、わざわざ強い精霊を使って弱い者いじめをしているような輩(やから)とは、志が違うのである。

「さあ、これで終わりだ！」

空中を舞うブラックダイヤモンドは誰よりも美しい、黒き宝石のごとく輝く流星。

それがアマゾネスボルケーノを、撃ち落とす。

「やあああああ！」

「ウ、ウワァァァァァ⁉」

そして地面に巨大な砂煙をまき散らし、最後に立っていたのは——。

「マスターさん、ボク、ボク勝ったよ！」

嬉(うれ)しそうに泣きながら、こちらを見るダイヤ。

その姿はなによりも美しく、そして尊い姿だ。

「頑張ったな」

「うん！　うん！」

俺の方に近寄ってきて、抱き着いてくる。

泣いている顔を見られたくないのか、頭を俺の胸に埋めてただ泣きじゃくっていた。

その仕草があまりにも可愛く、そして身体は柔らかく、このままでは俺の心がボルケーノしてしまう！

「……う、ううぅ」

「ふ、ダイヤは甘えん坊だな」

俺の腕の中で違うと言うように首を横に振る。子どもじゃない、と言いたいのだろう。

しかし抱きしめる力は緩めることなく、ずっと泣いていた。

彼女はこれまでの人生、とても辛く苦しいものだった。生まれたときから両親に捨てられて、本来家族と呼べる人間に扱き下ろされ、育ててくれた場所は奪われそうになる。

それでもここまで来られたのは、彼女が誰よりも強かったからだ。

報われるべき精霊だったからだ。

だから俺たちは出会えた。彼女が強く、笑顔で『家族』を守り続けたから。

「よく頑張った。もう誰もお前を馬鹿にするやつはいないぞ」

「マスターさん！　マスターさぁん！」

そしてそんな俺たちとは対照的に、ザッコスがゆらゆらと、呆然とした表情でアマゾネスボルケーノの方に歩いていた。

「おい……嘘だろボルケーノ……なんでお前、負けてるんだよ！」

「は、ははは……悪いね坊主。もう身体が動かないよ」

「くそ、くそぉ！」

「まあいいんじゃないかい？　アタイたちは、ちょっとやり過ぎたんだよ」

「く、そぉ……」

てっきりこちらかアマゾネスボルケーノを罵倒でもすると思ったが、そんな気力もないのかザッコスはその場に座り込んで項垂れる。

もしかしたら、俺たちが思っている以上に、あの二人はお互いを信頼し合っていたのかもしれない。

「もうアマゾネスボルケーノは動けない。私たちの勝利――っ⁉」

その瞬間、俺は思わず遥か遠くの火山を見る。

「あれは、まさか……」

そこには俺たちを見下す様に、巨大な緋色のドラゴンが睨んでいた。

第七章　襲来

——実況席にて。

『決まったぁぁぁー！　ブラックダイヤモンド、ついに都市最強にして無敵の精霊アマゾネスボルケーノを撃破ァァァァ！　解説のオーエンさん、如何だったでしょう⁉』

『素晴らしい戦いでした』

『いい感じに淡々としたコメントありがとうございます！　さあそれではこれより勝利したブラックダイヤモンドへの勝利インタビュー……を？』

　実況の声がそこで止まり、観客たちも何事かと映像魔法を見る。

　そこに映っていたのは、まるで火山を支配しているような、巨大な緋色のドラゴン。

『魔物……それも、よりによって……』

　オーエンが呆然とした様子でぽつりと零す。

『ドドド、ドラゴンだー！　た、大変です皆さん！　精霊大戦の舞台にドラゴンがやってきました！　これは不味い！　緊急事態、緊急事態です！　今すぐ戦える精霊とマスターはコロシアムに集合してください！　あんなのが人間界に現界したら、この街が壊滅してしまいます！』

その瞬間、コロシアム中に悲鳴が響き渡る。

大慌てで逃げ出す者、腰を抜かす者、ただ諦めの境地に立って映像魔法（モニター）を見上げる者。

「――あ、あああああ!?」

コロシアム内はまさに阿鼻叫喚（あびきょうかん）の地獄絵図（じごくえず）。

そんな中でただ一人、颯爽（さっそう）と動いた存在に気付けた者は、誰一人いなかった。

古（いにしえ）の時代、大陸を支配していたのは人間ではなく、強大な力を持った魔物たち。

人はただそんな魔物たちに恐怖し、日々を生き残るために大地にかぶりついてきた。

そしてそんな魔物たちを人間界から追い出したのが、神より遣わされた『精霊』という存在である。

「な、なんでこのタイミングで魔物が出てくるんだよ!?　おかしいだろこんなの！」

ドラゴンに気付いたザッコスが大きく喚く。

どうやら俺の予想よりもアマゾネスボルケーノの耐久力は高かったらしく、あの一撃を受けても致命傷ではなかったらしい。

「こ、このままじゃ街が、僕のルクセンブルグが……」

だんだんと諦めたように力なく、情けなくドラゴンを見上げていた。

精霊界にいる魔物たちは、人間界に干渉することはできない。

精霊たちに敗北した後、魔物たちは精霊界に押し込まれ、神の手によって精神体(アストラル)にされたから。

だがしかし、魔物たちは今でも人間界を狙っている。

精神体(アストラル)でしか生きられない精霊界ではなく、実際に肉体を得られて活動ができる人間界を。

だからこそ、人間界と精霊界が繋(つな)がっている、この瞬間を狙おうとしているのだ。

「くそ……精霊界は広いんだぞ。なんでこんなピンポイントで魔物が、しかもドラゴンなんてヤバイのがいるんだよぉ……」

ザッコスの言葉はおそらく、映像魔法(モニター)を見ている観客たちが全員思っていることだろう。

それくらい、俺たちが精霊大戦で戦っているときに魔物と遭遇する確率は低い。

百回に一度あれば多い方であり、仮に現れてもせいぜいゴブリンなど、弱くて数の多い魔物の話。

精霊たちであれば簡単に倒せる魔物たちばかりだ。

ドラゴンのような、たった一匹で都市が滅ぼされる災害級の魔物との遭遇など、天文学的な数字だろう。

「マスターさん……」

「不安か？」

「ううん……感じるんだ。ボクたちは、この時のために存在してるから」

「そうか」

こちらを見下ろす姿はまさに空の王者。

その威圧感は、人間が勝てる存在ではなく、もし相対すれば死から逃れることはできないだろう。

「ここで退くわけにはいかないな」

「うん……」

精霊たちが力を発揮できるのは精霊界のみ。

ドラゴンが人間界に現界したら、たとえ街に多くの精霊たちがいても全滅を避けられない事態となる。

つまり今この瞬間、地方都市ルクセンブルグを守れるのは、このブラックダイヤモンドだけなのだ。

「マスターさん、教えてくれたよね。ボクは『誰かを守るとき』強くなれる精霊だって」

「ああ……」

「だったら守る。マスターさんも、シスターも、孤児院の子たちも、そして——ルクセンブルグの街全部を、ボクが守る！」

一歩、彼女は前に出る。その小さな身体は震えていて、恐怖が隠しきれていない。

それでも今の彼女は、誰よりも強い心を持っていた。

「お前だけに戦わせないさ」

そんな彼女の隣に、俺は立つ。

「……マスターさん」

「私にできることはない。だが、それでも共に在ることを許してくれないか？」

「うん、見てて。ボク頑張るから」

「ああ……見ているさ」

何度も交わした、ほんのわずかな言葉のやりとり。

そこに込められた想(おも)いはきっと、俺たちだけにしかわからないだろう。

だがそれでいい。

「私たちはそれでいいのだ」

ドラゴンがこちらを見下す様に笑っている。

矮小(わいしょう)な俺たちを見て、馬鹿にしているのが伝わってきた。

このクソ蜥蜴(とかげ)、調子に乗りやがって。俺はともかくダイヤは最高の精霊なんだぞ！

「お、お前たちなにやってるんだよ⁉」

「なにを？　決まっている。あの生意気な蜥蜴を叩(たた)き潰してやろうとしているだけだ」

「ば、馬鹿なのか⁉　相手はドラゴンだぞ！　ゴブリンとかとは違うんだ！　もうすぐ街から応援が来る！　そしたら全員で戦えばいいだろう⁉」

ザッコスの言葉はある意味正論だ。だがしかし、それと同時に間違っている。応援が来るより、ドラゴンがゲートを通って人間界に行く方が早いのだから。

「っ……おい坊主。アタイも行くよ」

「馬鹿か⁉　お前はもう動ける状態じゃないだろ！」

「だとしても、このまま黙って寝てられるわけないじゃないか。この街は、あんまり良い街じゃないけど、それでもアタイにとって故郷なんだからさ」

ふらふらになりながらも闘志を隠さず立ち上がるアマゾネスボルケーノ。

「だいたい、嫌な思い出しかないこの子が立ち向かうのに、都市最強なんて呼ばれてるアタイが逃げてたら、一生の恥じゃないか」

「そんなふらふらでなにができる！　『ベルセルク』の反動もあるだろうが！」

「だとしてもね、精霊には戦わないといけないときがある。それが今だってだけさ。だから坊主、もう一回アタイに『ベルセルク』を……」

──精霊は魔物を滅ぼすために生まれてきた。

きっとアマゾネスボルケーノもそれが本能でわかっているのだろう。

「……くっ、この石頭！　どうなっても知らないからな！」

その瞬間、アマゾネスボルケーノの身体に再び魔力が灯る。

ただしそれが最後の力だというのは、誰の目にも明らかだった。

「ははは、もう出し切ったと思ったけど、まだまだ根性あるじゃないか」

「ハァ、ハァ、ハァ……本当に、もう限界だよこの野郎！」

「まだ口が動くうちは大丈夫さ……アタイもね」

「アマゾネスボルケーノさん……」

「そんな顔するんじゃないよ。どうせ精霊界で負った傷は、人間界に戻ったら治るんだからさ」

それが正確でないことは、この場にいる全員が理解していた。

アマゾネスボルケーノは今、己の魔力をフル動員している。

肉体の怪我は確かに治る。

だが精霊界で受けた『心の怪我』はそう簡単に治らず、後々まで響くだろう。

それを指摘する者はこの場にいない。俺も、ブラックダイヤモンドも、そしてザッコスでさえ、アマゾネスボルケーノの覚悟に気付いたから。

「ダイヤ……この偉大な精霊をしっかり守ってやってくれ」

「うん！」

「ははは、最弱精霊なんて呼ばれたアンタに守られる日が来るとは思わなかったね……だけどまあ、悪い気はしないじゃないか」

快活に笑うアマゾネスボルケーノの姿は、とても美しい。

「それじゃあブラック、ブラックダイヤモンド、ドラゴン退治と行こうかぁ！」

「はい！」

そうしてダイヤとアマゾネスボルケーノは空を舞う。

この街を守るために、最弱と呼ばれた精霊と最強と呼ばれた精霊はこの瞬間、同じ心を胸に抱いて共闘するのであった。

――実況席にて

『アマゾネスボルケーノとブラックダイヤモンド！　二人が、二人が一緒になってドラゴンと戦ってくれている！　頑張れ！　頑張れ二人とも！』

『頑張れ……』

『あ、ああ！　しかしドラゴンは強い！　圧倒的な存在感だ！　あんなものがこの街にやってきたら、我ら人間には太刀打ちする手段などないことでしょう！　今二人が頑張っている間に、マスターと精霊たちは早く、早く！』

過去の歴史を紐解(ひもと)いて、強大な魔物が人間界にやってきた事例は少ない。

その理由として、精霊大戦中に魔物と遭遇する機会はほとんどないことが一つ。

そして仮に遭遇しても、都市の精霊とマスターを総動員してその魔物を退治するからだ。

しかしそれでも、それはあくまで『倒せるレベル』の魔物。

少なくとも、人間と精霊が共に歩むようになった歴史の中で、『ドラゴン』のような存在が登場したのは、過去数回ほどだけだろう。

「行け！　やっちまえボルケーノ！」

「……ダイヤ」

人間は、無力だ。

たとえ魔力をその身に宿していても、物語に出てくるような魔物を倒す魔法は存在せず、ただ精霊たちが戦う姿を見ていることしかできないのだから。

「……くそ！」

今、ダイヤとアマゾネスボルケーノは空を支配する魔物の王を相手に善戦していた。

ダイヤが襲われているときはアマゾネスボルケーノが攻撃し、アマゾネスボルケーノが襲われているときはダイヤが攻撃する。

それはあまりに幻想的な風景だった。

火山の光を吸収した赤い空の中、華麗に宙を舞い、ドラゴンの牙を避け、ただひたむきに戦い続ける二人の姿を見て、俺はこの街のピンチにもかかわらず魅入ってしまう。

「よし！　これならいけるぞ！」

興奮した様子のザッコス。

ダイヤとアマゾネスボルケーノの二人は、初めて共闘したとは思えないほどのコンビネーションを見せてドラゴンを抑えていた。

だが俺の目には、薄氷の上を歩いているようにしか見えなかった。

「ははは！　やっぱりボルケーノは最強だ！」

「いや、このままでは時間の問題だろう」

俺の言葉に、つい先ほどまで声を上げていたザッコスが強張った顔をする。

「なんでだよ⁉　あんなに押してるじゃないか⁉」

「ドラゴンをよく見てみろ」

まるで羽虫を鬱陶しがるように、尻尾を振り回したりするドラゴン。

何度も攻撃を受けているはずなのに、まるで応えた様子を見せない姿に、戦っている二人の精霊たちも焦りを隠せていなかった。

「き、効いてないのか⁉　『ベルセルク』状態のアマゾネスボルケーノの攻撃だぞ！　そんなの、今から来る精霊たちがいくら集まったって……」

「さすがはドラゴン、といったところか。ネームドクラスの怪物ではないとはいえ……」

過去に何度か人間界にやってきた魔物たち。

その中でも国を壊滅に追いやった存在は、災害として名を付けられる。

それらは今でこそ精霊界に追い返せているが、しかしいつまたやってくるかわからない人類の脅威。

このドラゴンも人間界に現れたら、同じように名前が付けられるかもしれない。

だが――。

「残念だが、そうはさせない」

ブラックダイヤモンドの攻撃がドラゴンの額に入る。

どの生物でもあそこは急所であり、普通なら強靭な鱗に覆われているドラゴンも、かなりのダメージが入ったようだ。

「い、いけー！　今だ叩きこんじまえ！」

怯んだドラゴンにアマゾネスボルケーノが一気に空を駆けた。

遥か空高くまで飛び、太陽を背にした彼女はそのまま一気に急降下。そのままの勢いでドラゴンに向かって突撃し、ドラゴンを地面に墜落させる。

ダイヤとアマゾネスボルケーノの連撃を受けたドラゴンは蹲っている様子を見せた。

「よぉしー！　さすが僕の精霊だ！」

「不味い」

「え？」

さらに追撃するべく、二人がドラゴンを追って地上に向かう。

そんな二人に対して、ドラゴンはその巨大な口を開き——。

「逃げろ二人とも！」

『グオオオォォォォォ！』

それは、まるで神の怒りそのもの。空に向かって吠えながら放つそれは炎ではなく、閃光のような破壊の一撃。

それはまさに天空すら斬り裂く『龍の咆哮（ドラゴンブレス）』。

「ボルケーノォォォォ！」

「ダイヤ！」

その光に飲み込まれた二人は、しかしギリギリのところで躱（かわ）すことができたらしい。

とはいえアマゾネスボルケーノがダイヤを庇（かば）ったことで掠（かす）ってしまい、こちらまで吹き飛ばされてくる。

「ぐっ⁉」

「おいボルケーノ！　お前その傷！」

「まだ、まだぁ……くっ！」

「アマゾネスボルケーノさん⁉」

掠っただけとはいえ、普通なら肉体など残らないような強烈な一撃。それを受けてなお、彼女の闘志は衰えない。

とはいえ、元々身体の負担が大きい『ベルセルク』の連続使用とダイヤとの戦闘。

それらがあわさって、もはや彼女は戦える状態ではなく、膝をついて立ち上がれなくなっていた。

「無茶をするな」

「今、無茶をしなくていつするってんだい！」

彼女の視線の先、そこには強大にして凶悪な緋色のドラゴンが、こちらを見下ろしていた。

その口には先ほど放った『龍の咆哮』が残っており、さらに追撃をかける気なのは簡単に見て取れる。

「ひっ⁉」

「坊主！　早く逃げろ！」

「マスターさんも！　逃げてぇ！」

精霊すら一撃で戦闘不能に至らしめる最強の一撃。

当然ながら、俺たちただの人間が防げる代物ではない。

そんな破壊の一撃から俺を守るようにダイヤが前に立つ。

胸元が半分ほどはだけ、へそのあたりも破れていて、元々短いスカート部分など申し訳程度に彼女の下半身を隠しているくらい。

アマゾネスボルケーノとの戦闘ですでにダメージが入っており、さらにこのドラゴンとの連戦で彼女の精霊装束もボロボロだ。

普段の俺なら、ダイヤのあられもない姿に興奮していたことだろう。

だが今の彼女の姿は、苦しい戦闘を戦い抜いた証拠。

そんな戦いの勲章のような姿に対して下卑た視線を向けるのは違うと、そう思った。

「ごめんなさいマスターさん。ボク、あのドラゴンを倒せなかった」

ドラゴンが『龍の咆哮(ドラゴンブレス)』を放とうとしていた。

それを見たダイヤが悔しそうに涙を流している。

「ボクが、ボクがもっと強かったら……」

「泣くなダイヤ」

「マスターさん？」

ブレスをすべて一人で受ける気でいるのだろう。

両手を広げ、せめて最後の最後まで俺を守ろうと立ち塞がろうとしている彼女の肩にそっと触れる。

「よく耐えた」

「え？」

「私たちの勝ちだ」

俺はこの戦いが始まってから、ずっと感じていた。

心と心が繋(つな)がった、一人の精霊の存在を。

「あのドラゴンはこちらを舐めすぎていたのだ。私たちなどさっさと片付ければ良かったものを、こうしてタイムリミットまで無駄に時間を使っていた」

「タイム……リミット？」

俺の言葉を理解できていないダイヤが不思議そうな顔をする。

相変わらず愛らしい顔だ。この涙を優しく拭ってあげたい。

「そうだ。あのドラゴンは、こうなる前に私たちをこの場から退場させなければならなかった」

マスターがいなければ、精霊はこの場に立つこともできない。

だからこそ、ドラゴンは真っ先に俺を始末するべきだったのだ。

ドラゴンを見る。

俺の言葉が理解できているのかできていないのか、どちらにしても相変わらずこちらを羽虫かなにか、己の障害にはならないとでも思っているのだろう。

そのブサイクな面、歪ませてやろう。

「ダイヤ、私はお前に言ったな？」

——最強の頂きを目指すために私と来て欲しい、と。

「よく見ているといい。これが……お前が目指すべき、最強の到達点だ」

「それって——」

　ダイヤの疑問の声が終わる前に、ドラゴンがブレスを放ってくる。

　大地を削り、ありとあらゆる存在を消し飛ばすそれは、凄まじい轟音を立てて俺たちに迫ってきて——。

「エメラルド！」

「はい、マスター」

　閃光とともに俺たちの前に現れた、若草色の髪をした少女。

　彼女の名はエメラルドティアーズ。

　あらゆる精霊たちの頂点に位置する『最強の精霊』。

「斬れ！」

「はい！」

　彼女は手に持った細い二本の剣を煌めかせる。

　その瞬間、音が消えた。

『龍の咆哮』は、キラキラと輝きマナの粒子となって消えていき、最初からなにもなかったかのように世界は広がっている。

　そうして静寂が支配する中、俺は更なる指示を出した。

「十秒までだ。それ以上は許さん」

「いいえマスター、そんなに必要ありません」

キン、と小さな音が一瞬だけ鳴る。

「もう、終わりましたから」

エメラルドの言葉と同時に、静寂が続いた大地に風が吹く。

それがエメラルドの剣閃であることに気付けた者はどれほどいたか……。

彼女の一閃により、空の支配者と呼ばれる魔物の首がゆっくりと落ち、巨大な頭が大地を震わせた。

「え？」

「なっ――」

ダイヤとアマゾネスボルケーノが驚愕の声を漏らす。

そしてドラゴンはというと、断末魔の声を上げることもできず、最後の最後までなにが起きたのかわからないままだったのだろう。

自分が死んだことにすら気付いていないような、凶悪な顔をしたままだ。

少し遅れて、その巨大な身体を支えることもできず、地面に崩れ落ちていった。

「マスター……」

「ああ、よくやった」

俺がエメラルドの頭を撫でると、彼女は心の底から嬉しそうに笑う。

凄まじい強さを見せつけた少女と同じとは思えないほど、今の彼女は美しく、そして愛らしかった。

第八章　宣言

突然現れたドラゴンの襲来。

あわやルクセンブルグ壊滅となるギリギリの状況は、なんとか回避することができた。

そして今、俺とダイヤ、そしてエメラルドの三人は、精霊界から戻ってコロシアムの中心に立っている。

すぐ傍では実況が大きく身振り手振りを動かしながら会場を盛り上げており——。

「さあ皆さん！　今回の精霊大戦の勝者にして、この街の英雄をご紹介いたします！　まずはこの人！　突然この街に現れてギルドに登録。そしてこの初めての精霊大戦で見事勝利を飾った謎のマスター……レオンハート！」

頭上に浮かぶ巨大映像魔法に俺の姿が大きく映る。

銀髪に黒いコート、そしてサングラスという出で立ちは、はっきり言って完全に裏稼業の人間だ。絶対悪いことをしている。間違いない。

それでも歓声が響くのは、俺が街の危機を救ったからだろう。

「そして次に突如現れたドラゴンを一閃！　白き閃光のごとく神速の一撃と、そのあまりにも美しい立ち姿に多くの人たちが恐怖すら忘れて息を飲んだことでしょう！　レオンハートの契約精霊、エメラルドティアーズ！」

やはり精霊大戦の華はマスターではなく精霊たち。

エメラルドの姿が映像魔法（モニター）にアップされると、俺のときとは比べ物にならない凄まじい歓声が響き渡る。

わかる、わかるぞ。この美しい精霊を見たら、誰でもこうなるに決まっているのだ。

「そして最後に、皆さんご存じの方も多いでしょう！　敗北に次ぐ敗北、この街全てのマスターから見放されて、それでも彼女は一人戦い続けた！　そしてついに最強無敗だったアマゾネスボルケーノに土を付け、最弱の称号を返上！　さあ紹介しましょう！　今回の精霊大戦の勝利精霊……ブラックダイヤモンドです！」

その瞬間、今日一番の歓声が響き渡る。まるで会場中が彼女を祝福しているかのようだ。

「あ、あ、あ……」

「ダイヤ、もっと堂々としたらどうだ？」

「マスターさん、でもボク、こんなの初めてで……」

そうか。そうだよなやっぱり初めては動揺するよな。

俺もイメージトレーニングは日々欠かさずにやっているが、やはり初めてのときは上手（うま）

くできるか不安である。

そしてそれはダイヤやエメラルドも一緒だろう。

不安なのは俺だけじゃない。

だからこそ、彼女たちを安心させてあげるのが男というもの。

よし、やはり帰ったら速攻イメージトレーニングだ！

「マスターさん、その……」

「ん？」

見ればダイヤが手を出しては引っ込める動作をしている。

これはいったいどういう……。

疑問に思っていると、エメラルドがそっと近づき、ダイヤに聞こえないように耳打ちしてくる。

「マスター、ダイヤは緊張しているのです。手を握ってあげてください」

「……なるほど」

いいのだろうか？　こんな衆人環視(しゅうじんかんし)の中で手なんて握っちゃったら、もう世界公認の夫婦みたいにならないだろうか？

も、もちろん俺はオールオッケーだ！　だがしかし、それではエメラルドや、まだ見ぬ

世界のどこかにいる俺の精霊たちに、嫌われないだろうか⁉

「マスター、さん……う、ううう、あのね……」

「なにも言わなくていい」

不安そうなダイヤを見て俺はすぐにその手を握ってやる。

まだ見ぬ精霊たち？　それより今はダイヤが大事だ。

エメラルドからは許可を貰ってるし、大丈夫……大、丈夫……ですよね？

不安に思ってエメラルドをちらっと見ると、彼女は柔らかく微笑んでいた。

よし、大丈夫！

「……ごめんね、情けないところ見せちゃって」

「初めてなのだから仕方あるまい。それに、初々しくて良かったぞ」

「も、もう！　そうやってまたボクをからかう！　でも……ありがとう」

超可愛い！　もう好き！　大好き結婚する！

実況が盛り上げているのか、歓声がどんどん大きくなっていく。

しかしそんなものより、彼女の声を聞くほうがよっぽど重要だ。

「さあそれではこの新進気鋭のマスターに今後の方針を聞いてみましょう！　レオンハートさん、これからどうしていく予定なのでしょうか⁉」

「予定？」

そんなものは、決まっている。

「ブラックダイヤモンド、そしてエメラルドティアーズとともに【ラグナロク杯】に出場し、優勝する」

俺がそう答えた瞬間、会場の空気が一瞬止まった。

その状況など気にせず、俺はただ言いたいことだけを言い放つ。

「そして、まだ誰も成しえていない天空の塔(バベル)を攻略し、神に願いを叶(かな)えてもらうことだ」

「お、おお……凄(すご)い！　凄い目標だレオンハート！　しかしこの会場にいる皆さんなら、これが大言壮語(たいげんそうご)でないことはわかるはず！　ええ、ええ私はもちろん応援しますよ！」

「そうか……」

この実況いいやつだ。

できれば俺とエメラルドとダイヤの恋模様も応援してもらいたいところである。

「と、ところで一つだけお聞きしたいのですが……レオンハートとエメラルドティアーズといえば、かつて五年前に無敗を誇った最強のコンビと同じ名前なのですが……」

「ああ、そのことか」

「もしかして、いやもう聞かなくてもわかっておりますが貴方(あなた)はかつて『黄昏(たそがれ)の魔――』」

「私はどこにでもいる、ただのマスターだ。それ以上でもそれ以下でもない」

だがしかし、別に今更過去の栄光を盾に成り上がろうなどと思っていないのだ。

内心、それは無理があるだろうと自分でもわかっていた。

シン、と会場中が静まり返る。

「ただ同名なだけだ」

「え？　ですが……」

「ただこれから先、私も、そしてブラックダイヤモンドも負けることはない。だから、この名前を覚えておいて欲しい」

「お、おおお……おおおおおー！　かつての伝説と同じ名前のマスターからの無敗宣言！これは目が離せないぞ！　これからマスターレオンハート、そしてルクセンブルグが生んだ怪物、ブラックダイヤモンドによって刻まれる伝説を、私たちも追いかけましょう！」

その瞬間、今日一番の大きな歓声がコロシアムに鳴り響く。

ふと周りを見れば、ガルハンとシスターが抱き合いながら大きく泣いているのが見えた。

おいちょっと待て、あの二人ちょっと仲良すぎないか？　このままでは俺の義父がガルハンになってしまうじゃないか！

ああでも隣で笑って手を振っている小さな精霊たちは超可愛い。癒される。

「さあそれでは今日の精霊大戦はここで終わりたいと思います。皆さん、また次の大戦で会いましょうー！」

その言葉が締めくくりとなって、俺たちの勝利インタビューは終わることになった。

ただ、俺の戦いはまだ終わってない。

ブラックダイヤモンドを一度見る。

彼女は嬉しそうに笑っていた。

これまでの苦労がすべて報われたと、そう信じている顔だ。

この笑顔を、曇らせたくない。だからこそ俺は、彼女を守るためなら修羅にもなろう。

「マスター……」

「心配するな。少し話をするだけだ」

コロシアムの特等席。そこにいる領主を見る。

俺は心配性だから、ちゃんと話を付けなければ不安なのだ。

「ダイヤにはなにも言わなくていい」

「はい……お気をつけて」

そうしてコロシアムを出てから、俺は領主の下へ一人で向かうのであった。

精霊大戦が終わった翌日――。

「私が悪かったブラックダイヤモンド！」

孤児院の前に小太りのおっさんが現れ、全力で頭を下げている。

「え？　え？　え？」

「あ、あのマルーク様⁉　頭を上げてください！」

困惑するダイヤとシスターの二人。

そんな彼女たちに構うことなく、領主の男――マルークはひたすら頭を下げ続けた。

「許してくれとは言わない！　ただ、せめてこの孤児院の精霊たちが健やかに過ごせるよう、色々と便宜を図ることだけはさせてくれぇ！」

「あ、あの……マルーク様、だから顔を上げて……」

「いいやシスターマリア！　そしてブラックダイヤモンド！　私がお前たちにしたことを考えれば、頭を下げるだけでは足りないのだ！」

そしてマルークはいきなり土下座をし始めた。

おいこっちをチラチラ見るな。ダイヤに不審がられるだろうが。

「な、なんで⁉　なにが起きてるの⁉」

「私は改心したのだ！　精霊はこの街の宝！　精霊を育てるこの偉大なる孤児院も、我が都市の宝だ！　これからは全面的にフォローさせてもらう！　もちろん、誰かが手を出そうものなら全力で守らせてもらう！」

だから、これでいいですよねという風にチラチラこっちを見るんじゃない。真っすぐ土下座をしてろ。

「ダイヤ……」

「あ、マスターさん」

「この男もこう言っている。これでもう、お前たちを脅かす者はいない」

「あ……」

そこでようやく、彼女は自分が精霊大戦に勝利したことで起こりえる未来の一つを思い出したのだろう。

彼女とこの孤児院はザッコスに脅されていた。もし勝てばこの孤児院を潰すなどという、理不尽な内容で。

だがそれももう、杞憂となる。

「ザッコスにはもちろん私の方から厳しく言いつける！　むしろ今まで好き勝手させすぎていた！　もしこの孤児院にこれからも手を出そうものなら、その瞬間には勘当……いやそちらが望むあらゆる罰を与えると約束しよう！」

だから何度もこっちを見るのは止めろ。

おっさんにチラ見されても嬉しくなんてないのだ。

そんなことよりも、ようやくマルークが言っている意味が理解できたのか、ダイヤが俺の方をじっと見てくる。

「そっか。もう、これで……」

「……これまでよく守ってきたな」

ダイヤは振り返り、自分が育ってきた孤児院をじっと見る。

きっと今はまだ感情が追い付いていないのだろう。

「さて……貴様はもう帰っていい」

「あ、はい。ところでレオンハート様、あの、例の件はこれで……」

「お前が約束を破らなければ、な」

俺がそう呟(つぶや)くと、マルークは嬉しそうに満面の笑みを浮かべて去っていった。

まったく、現金な男だ。まあその分、わかりやすくて助かるが。

そうして残ったのは俺とダイヤ、それにシスターとエメラルドの四人。

「あのレオンハート様……いったいこれは」

「シスターの質問に答える前に、ダイヤに確認したいことがある」

「ボク？」

不思議そうな顔をしてこちらを見る彼女に対して、俺はある覚悟を決めていた。

「お前には二つの選択肢がある。一つはこのまま私とともに中央、そして王都まで進み、最強の頂きを目指す道。そしてもう一つは」

――このまま、この街に留まり、シスターや家族と幸せに過ごす道。

「え……？　マスターさん、なにを言ってるの？」

「もう、孤児院が危険に晒されることはない。そして、自分の可能性に気付いた今のお前なら、どんなマスターと組んでも見劣りしないし、この街で負けることはないだろう」

「い、いやでも……」

「私はEランクの魔力しか持っていない、マスターとしては落ちこぼれだ。ここに留まれば、きっとお前の噂を聞きつけた凄腕のマスターが契約したいとやってくる」

エメラルドもダイヤも、その力を考えれば俺と一緒にいても宝の持ち腐れでしかない。きっと凄腕のマスターと契約すれば、どんな相手であっても負けることはない最強の精霊になれるはず。

なにより、俺と共に来るということは茨の道を辿ることになる。

だからこそ最後は、ダイヤに判断を委ねたい。

「ダイヤ、これはお前の将来を決める重要な選択だ。だから――」

「マスターさんは、ボクをなんだと思ってるのさ」

「……なに？」

それは、今までにない険しい声。

見れば彼女は今、本気で怒っている。その怒りは、精霊大戦中にアマゾネスボルケーノに向かって行ったときとは比べ物にならないほど、怒っていた。

……こ、怖い。

なぜこんなに怒っているのかわからずエメラルドを見ると、彼女は微笑みながら……怒っていた。

「マスター、さすがにそれはないです。鈍感すぎです」

「な、なにがだ？　私はダイヤの将来を考えて……」

「ダイヤは……いえ、これは私が言うことではないので……」

基本的に俺のやることを全肯定してくれる彼女がこのような態度を取ることはとても珍しい。そして、超怖い。

「マスターさん！　こっちを向いて！　ボクを見て！」

「う、うむ！」

「なんでボクが怒ってるか、本当にわからないの⁉」

何故だ⁉　俺はいったいなにを間違っているというのだ⁉

ダイヤの意思を尊重し、可能な限り彼女の未来を広げたいと思っているだけなのに⁉

「マスターさんはなんでも知ってる凄い人なのに、自分のことはわからないんだね」

「わ、私のこと？」

「そうだよ！　もうボクはマスターさん以外の人とは契約しないし、離れる気はないよ！　も、もちろん駄目って言うなら……その……は、離れるけど……う、うう……やだよぉ……離れたくないよぉ」

最初は怒っていたダイヤが、突如泣き出した。

こ、これは不味い！　なんだかめちゃくちゃ可愛いことを言っている気がするが、それよりもなんとか泣き止ませないと！

「駄目などと言うはずがないだろう！　だが、今のお前ならこの街で幸せに暮らせ……」

「ボクの幸せは、マスターさんと一緒に最強の精霊になることだもん！」

「っ――」

「だから、離れるなんてそんな悲しいこと言わないで……ずっとボクと一緒にいて……」

ぎゅっと、勢いよく抱き着いてくるダイヤに俺は戸惑ってしまう。

なんだこれは⁉　なんなのだこれは⁉　ああ柔らかい、柔らかいぞ⁉

これは駄目だ！　色んな意味で駄目になる！　そ、そうだエメラルド！　こういうときはエメラルドだ！

「……ぷい」

助けを求めると、彼女は知らんぷりをしていた。ちょっと拗ねているらしい。

な、何故だエメラルド⁉　お前はいつも俺の味方じゃなかったのか⁉

「マスターさん！」

「う、うむ！」

「ボクを見て！」

「う、うむ！」

うむ、しか言えない！　なんか今の俺、超情けないぞ！

「ボクは、世界最高のマスターであるレオンハートの精霊だ！　だから、ずっと、ずっと一緒にいて下さい」

真摯な瞳で、真っすぐ俺を射抜いてくる。その吸い込まれそうなほど深い黒色は、いつまで経っても見ていて飽きることはないだろう。

「……わかった」

「じゃあ！」

「覚悟しろよブラックダイヤモンド。私は欲張りなのだ。だから——」

ブラックダイヤモンド——世界で一番硬い宝石。

パートナーに対して深い愛情を注ぐ不滅の愛を象徴しており、また未来を切り開く力になると言われている。

「もう二度と離さないからな」

「うん！　ボクのこと、離さないでね！」

その名を与えられた少女の輝きは、暗く先の見えない道を明るく輝かせてくれることだろう。

きっと彼女がいる限り、俺のゆく未来は明るいものになるに違いない。

そう確信させてくれるほど、ブラックダイヤモンドの笑顔は美しいものだった。

第九章　新しい日常

――これは夢だな。

山脈内にできた巨大な洞窟の入口を見上げながら、これが過去の出来事だということにすぐ気付く。

背後には荒れ果てた大地。空は黒い雲に覆われていて、人の気配が一つもない。

ここはかつての俺が一人で戦うことを諦めた場所であり、そして新しい道を歩むことを決めた場所。

「ふん……夢とはいえ、こんなところまで再現する必要などないだろうに……」

洞窟の奥から地響きと鈍い唸り声が聞こえてくる。

侵入者は許さないという、威圧的な気配を漂わせながら現れたのは、巨大なドラゴン。

翼こそないが強靭な肉体を持ったそれは決して人の手に負える存在ではなく、もし遭遇すればたとえ精霊が傍にいても逃げるべき存在だ。

「グランドドラゴン……かつて大地の王とまで呼ばれた怪物……」

俺はそんな巨軀を前にして、ただ佇むのみ。

地上の覇者に対して矮小な存在であり、抵抗は無意味なことをよく知っていた。

「人は、魔物には勝てない」

古の時代、どこからともなく現れた魔物の襲来により、人々は絶滅の危機に陥った。

ゴブリン程度ならともかく、強力な個体には鋭利に研ぎ澄まされた鋼すら通じないのだ。

それが群れとなってくれば、人に勝ち目などなかっただろう。

それでも魔物を精霊界へと追いやることができたのは、神が生み出した『精霊』という存在がいたからだ。

「彼女たちがいたからこそ、今の人々が地上で繁栄することになった」

一つ一つ、俺は彼女たちの栄光を心に刻むように口ずさむ。

『グオォォォォォォ!!』

縄張りに入った俺に対して、グランドドラゴンが怒りの形相で睨み付けてくる。

そしてその巨軀からは想像もできない速度で動き出し、分厚い鱗で覆われた尻尾で叩き潰そうとしてきた。

これは過去の光景。このあと俺は――。

目が覚めると、慣れ親しんだ木造の天井が目に入る。

「……思い出したくもない夢を見た」

夢のせいか、ここがルクセンブルグの宿だと思い出すのに時間がかかった。

身体を起こし窓の外を見ると、どの家からも光が消えている深夜の時間帯。

人工的な光がない街の上には宝石のような輝きを放つ月と星が夜空を照らしていた。

「う……マス、ター？」

俺が起きた気配を感じたのか、隣のベッドで眠っていたエメラルドがうつろな眼でこちらを見ている。

「起こしてしまったか。すまないエメラルド」

「……なにかあったのですか？」

「なんでもない。ただ、少し夢見が悪かっただけだ」

この数年で何度も夢見た光景。

俺にとってはこの人生の中で五本の指に入るほど最悪な思い出だ。

だがそれをこの子には悟られたくない。

エメラルドティアーズの前では、レオンハートという男は誰よりも『強い男』でなければならないのだから。

「さあ寝よう。明日はまたダイヤを迎えに行ってやらねばならないからな」

「………………」

「エメラルド？」

「今日は、そちらで寝てもいいですか？」

俺の返事を待たずに、エメラルドは自分のベッドから出てこちらに入って来る。

まるですべてを見通すような翡翠色の瞳でじっと俺のことを見ながら、優しく頬に触れてきた。

「……どうした急に？」

「マスターがなにを考えているのか、私に伝える必要はありません。ただ、私は貴方の剣です。貴方の道を切り開くためならば、この身朽ち果てようとも戦います」

――だから、無理だけはしないでください。

エメラルドはそれだけ口にすると、そのままベッドに横になって瞳を閉じた。

俺はそんな彼女の髪の毛を優しく撫で、隣で同じように横になる。

「……そうだな。私の傍には、いつもお前がいてくれた」

――ありがとう。

そう小さく呟くと、彼女が頷いたような気がした。

なんとなく、月が浮かぶ夜というのはミステリアスな雰囲気が醸し出される。

そういうときはお互いシリアス状態で、どんなことでも冷静に受け止められるものだ。

つまり、なにが言いたいかというと……。

「ぁ……ぅん……」

寝息が超エロいんです。

「これは、不味いぞ……」

エメラルドよりも先に起床した俺は、十分以上同じ態勢で起きることができなかった。

理由、耳元で寝息を立てながら腕に抱き着いて来る彼女に拘束されているから。

やわらかぁい……パジャマうすぅい……あったかぁい……。

「マス……ター……」

「はっ——!?」

そして耳元で囁かれるその言葉に、全身が硬くなる。特に一部が最高に硬くなる。

——おい俺の息子マイサンよ落ち着け、落ち着くんだ！　え、無理？　無理は承知だからとにかく落ち着けって！　こんな姿をエメラルドに知られたらもう生きてはいけないぞ!?

「お慕い……しております……」

──うちの精霊が可愛すぎて可愛すぎて、ああ、可愛い……。

もはや語彙力を失いながら、俺はこの至福の時間を楽しむと同時にバレたら人生終了となるこの状況に混乱していた。

昨夜？　あれはいわゆる賢者モードというものだ。もしくは『黄昏の魔王』モード。自分で言っててなんだが、過去の俺のファンに殺されそうだな今の俺……。

「どうすれば……どうすればっ⁉」

エメラルドを起こさないように超小声で自問自答しながら、俺は過去最大級に頭をフル回転させる。

大丈夫、たくさん寝て頭がすっきりした今の俺なら「マス、ター……」この柔らかく母性に溢れた女性の神秘に神の意思を感じてしかしやはり本心がバレたら不味いから「ん……」いい匂いのエメラルドを全力で感じていれば解決策が思いつくはずだが無理に解決策を求めずあるがままを受け入れることも重要でだからこのままでもいいんじゃないかと思う俺がいる。

──だ、駄目だ多分これ頭が回ってない！　だって神秘的な柔らかさなんだぞ⁉　神の意思かもしれないんだぞ⁉　これを前に男の思考など馬鹿になる以外にないだろう⁉

「……もう少しだけ、このままで」

そう思い瞳を閉じて寝ているエメラルドの顔をじっと見つめる。

出会ったときから変わらず誰も触れられない宝石のように美しい彼女は、どれだけ見つめても一生飽きることはないだろう。

黄金のように輝く若草色の髪、白い肌を映えさせる瑞々しい唇、柔らかそうな頰。彼女を構成するすべてが、神が愛するために生み出した存在にしか思えない。

そんな風に愛おしく見つめていると、不意にエメラルドの瞳がパチリと開く。

「……ぁ」

「……あ」

どうやら状況を把握したらしく、エメラルドの顔が徐々に朱色に染まっていき、若干瞳が潤み始めた。

可愛い……。エメラルド超可愛い……。

「……あ、あのマスター？　どうしてじっと見ているのでしょうか？」

「なに、少し懐かしいと思ってな。昔はこうして、よく一緒に寝ただろう？」

本当である。まだ有名になる前、二人で世界を変えようと旅をしていたときは、安く狭い宿で並んで寝たものだ。

勝利を重ねるごとに賞金も増えていき、裕福になったあとはお互い気恥ずかしさもあって自然と分かれて寝るようになっていたが、俺の隣には常に彼女がいた。

「そうですけど、えっと……もう子どもではないので、寝ている姿を見つめられるのはさすがに恥ずかしいです……」

「そうか……」

「あ、でもマスターがお望みならいつ、でも……ぅぅ」

そう言いつつ、やはり恥ずかしいのか顔を背けるエメラルド。

「無理をするな。それより、まだ寝るか？」

「いえ、起きます……」

ゆっくりと、エメラルドがベッドから出ていく。

ただそれだけなのに布団(ふとん)の中の温(ぬく)もりが一気になくなったような気がして、寂しい気持ちになった。

とりあえず今のうちに布団が膨らまないよう身体を横にして、エメラルドに背を向ける。

「マスター？」

ベッドから出ない俺に不思議そうな顔をするが、俺には出られない理由があるのだ。

「すまない……もう少しだけ横になる」

「……？　わかりました。それでは顔を洗ってきますね」

高級宿を取っているため、寝室以外にも洗面所なども付いた部屋となっている。

着替えのために離れていくエメラルドを感じながら、鎮まれ俺の魂、と己に言い聞かせるのであった。


孤児院に着くと、井戸から水を汲んでいるダイヤの姿が目に入る。

魔道具の発展のおかげで平民の生活水準はかなり上がったが、それでもこうした孤児院にまではまだまだ行き届いていない。

とはいえ先日の賭け金で懐も潤っているだろうから、いずれ改善されるだろう。

「あ、マスターさん！」

「おっと」

俺の姿に気付いた瞬間、ダイヤが瞳を輝かせて飛びついてくる。

慕ってきてくれるのは嬉しい。嬉しいが、このままではまた俺が暴走してしまう！

名残惜しいが……全身の体温をこのまま一生味わっていたいが……ゆっくりと彼女の身体を離した。

「相変わらず元気でなによりだ」

「うん！　マスターさんも！」

先日ダイヤと正式に契約をした後、しばらくこの街に残ることを告げた。

いきなりシスターや孤児院の幼い精霊たちと引き離すことも忍びないし、なによりこの街の領主であるマルークと『ある約束』をしたからだ。

「それでは行くか」

「うん！」

そうしてダイヤとエメラルドを連れて向かった先は、街の中心にあるコロシアム。

「相変わらず、地方都市の割に盛り上がっていますね」

「こういうところに関しては優秀らしいからな、あの男は」

すでに何試合かが終わっているのか、会場の中は盛り上がりを見せていた。

「さて、体調は万全か？」

「うん、いつでも大丈夫！」

「ならば今日も勝つとしようか」

精霊大戦は街の代表的な娯楽であり、そして人気商売だ。

常勝無敗であったアマゾネスボルケーノを倒したブラックダイヤモンドは、今や地方都市ルクセンブルグの注目の的となった。

この新しいヒーローの登場は、この街の精霊大戦をより活性化させるだろう。

観客席に入り、順番が来るまで先に進められている試合を見ていると、精霊たちが己の力を振り絞って戦っている姿が映る。

人では決して辿り着けない高みにいる存在。

そんな精霊たちの魂をかけた戦いは、どれだけ手を伸ばしても届かない月のように美しく、見る人を魅了するものだ。

『わぁぁぁぁぁぁ‼』

一試合が終わった瞬間、嬉しそうに笑う者、悔しそうに泣く者と分かれている。

サポーターの彼らは推しの精霊が活躍すれば笑い、負ければ泣き、自分のことのように応援してくれる存在だ。

「……これからは、この人たちの想いも背負わないといけないんだね」

「そうだ。今まで勝つことを許されず、家族以外の誰かの想いを背負うこともなかった。しかしこれからは違う」

精霊とマスターというのはただの見世物ではない。

自分たちの戦いを魅せることで、未来を明るく照らす存在だ。

「この地方都市ルクセンブルグから始まり、そしてこれから大陸中の人間と精霊の想いを受け継ぎながら戦っていくことになる」

「うん……」

観客たちが俺とダイヤの存在に気付いてソワソワしている。

精霊大戦前の精霊に声をかけるのはマナー違反。

この辺りは警備員も多くいるし、無理に近づいて来る者はいなかった。

彼らの大半は、ダイヤが出場するメインバトルが目的なのは間違いないだろう。

だからこそ——俺たちはその期待に応える義務がある。

「ダイヤ、マスターに敗北は許されませんよ」

「エメラルドさん……うん、大丈夫。ボクはマスターさんとなら、誰にも負けないから」

「その意気です」

エメラルドはダイヤのことを妹のように可愛がっているので、こうしてしっかりと鼓舞もしてくれる。

——これ以上、俺から言うことはないな。

そうしているうちに、俺たちの番が近づいて来たので、控室に向かって行く。

「っ——!?」

控室に入った瞬間、多くの視線を向けられた。

アマゾネスボルケーノを倒したブラックダイヤモンドの存在は、この都市では見逃せないほど大きい。

特にダイヤの過去は壮絶だ。この都市の精霊やマスターなら当然、この子の事情を知っていただろう。

観客たちでさえ、ずっと勝てないこの子に対して憐みの感情を抱いていたはずだ。

それが今や、一夜にして評価が逆転してしまった。

——勝てない。

そんな声が零れるほど、控室にいる精霊たちはダイヤに対して恐れを抱いている。

対して、これまで勝利を得ることができなかったダイヤの表情は自信に溢れていた。

ただ一人で戦い続け、己の運命を切り開いた今の彼女はきっと、この都市の誰にも負ける気がしないことだろう。

「さあ、やるぞ」

「うん！　ボクが、マスターさんは最高の契約者なんだってことを証明してみせるよ！」

そしてその言葉の通り、ブラックダイヤモンドは無傷で今回の精霊大戦を制した。

『圧倒的だぁぁ！　先日の戦いは決してまぐれではなかった！　黒き怪物ブラックダイヤモンド、数多の精霊たちから集中攻撃を受けてもものともせず鎧袖一触！　強い強い強い！　これがかつて最弱精霊と呼ばれたなど、誰が想像できるでしょうか⁉』

『うおおお！　ブラックダイヤモンドー！　俺はずっと応援し続けてきたぞー！』

『感動したー！　お前は頑張って来たもんなぁ！　いつもその姿に励まされてきたんだぁぁ！』

精霊界からコロシアムに戻ると、そんな観客たちの歓声が聞こえてくる。

そのすべてがこの子を称える声。

これまで一度も勝てなかったはずの苦しみ続けてきた少女が、明るい道へと進んだことに対するエール。

「あ、えと、その……」

先日の勝利のときもそうだったが、こうしたことは慣れていないからか戸惑っている。

そんな姿も初々しくて可愛いのだが、いつまでもこうしているわけにはいかない。

「観客たちの声に応えるのも勝利精霊の役目だ」

ダイヤの背中に手を回しながら、俺は反対の手で観客たちに応えるように手を上げる。

それだけで歓声が大きくなり、喜んでもらえたのが分かった。

「そっか、そうだよね！　うん、みんなー！　いつも応援ありがとうー！」

ダイヤが元気に手を振ると、今日一番の歓声がコロシアム中に響き渡るのであった。

精霊大戦が終わった今はもう、集まっていた観客たちも全員いなくなった。

そんな中で俺は誰もいないコロシアムの中心に立ち、揺らめくゲートを見上げていた。

「いやー、さすがレオンハート様！　ここ数年で最高の盛り上がりでしたよ！」

この地方都市ルクセンブルグの領主マルーク。

ダイヤとザッコスの父であり、この地方都市を任された人物だ。

「ふん、世辞はいい。それより、約束は違えるなよ？」

「ええ、ええ！　もちろんですとも！　この街をこれほどまでに盛り上げてくれるレオンハート様のためなら、当然この程度のことは見て見ぬフリをしますとも」

俺とこの男の取り決め。

それはこのルクセンブルグで逆境から成り上がる『新しき英雄』ブラックダイヤモンドが活躍する代わりに、精霊界へのゲートを個人で使用させろ、というものだった。

「それにしても、最初に話を聞いたときは耳を疑いましたよ。人の身で、それもたった一人で精霊界に入らせて欲しいなどと……」

「詮索は無用。貴様は俺が精霊界に入ることを許可するだけでいい」

「普通ならただの自殺行為、と言いたいところですが……『黄昏の魔王』とまで呼ばれた精霊使いの言葉ですからね。なにか事情がおありなのでしょう。このマルーク、これ以上詮索しませんとも」

俺の正体を知らなかったうちはずいぶんと傲慢な男だったが、レオンハートという名が都市の発展と金になることを理解してからはずいぶんと態度が変わったものだ。

まあ俺からすれば扱いやすく、助かる男でもある。

事情を聞かずとも、こうしていざというときのために精霊使いたちを配置してくれるのは、俺としてもありがたい話なのだ。

「さて……行くか」

青と白の絵具が交じり合ったように揺らめく歪んだ空間。

本来ならば精霊たちと共に入るべきゲートに、俺は単身で足を踏み入れる。

すべては——精霊界でしか手に入れることのできない『魔力』を手に入れるため。

「エメラルド……待っていろよ」

俺というすべてを受け入れてくれた大切な精霊のため、危険とわかっていながらたった一人で精霊界に入っていくのであった。

精霊界に入るときはいつも足元が崩れ落ちるような錯覚を覚える。

しばらく続く浮遊感。

物質体（マテリアル）である身体（からだ）が精霊界に適した精神体（アストラル）へと変化していく感触は、何回経験しても慣れないものだ。

「ふう……」

揺れる視界が安定し、俺が顔を上げると荒廃した大地が広がっていた。

先日ダイヤがアマゾネスボルケーノを降（くだ）した場所に似ているが、全く別の場所だろう。

一度開いたゲートを閉じると、次に開く場所は完全にランダム。一説によれば、開いた都市に近い環境が選ばれやすいという話だが、それも証明手段はない眉唾なもの。

「さて、行くか」

自然と魔力を吸収してしまう精霊と違い、人間には精霊界での活動限界というものは存在しない。

とはいえ、危険な魔物に対抗できる精霊を連れずに行動するなど自殺行為だ。

俺はとある目的のために精霊界を一人で歩き続けているが、普通の人間からしたらおかしくなったと思われても仕方がない行動。

そう思われることを承知のうえで、五年前から誰もいない精霊界を歩き続けていた。

「できれば大きい魔物が見つかると良いが……」

精霊界ではときおり、人間界では見つけることのできない特殊な素材が発見される。

俺は懐から一つの石を取り出した。

拳程度の大きさの深紅の輝きを持ったそれ――精霊石と呼ばれる鉱石もその一つだ。

とてつもなく希少で、王族ですら手に入れることが困難。

そして仮に見つかったとしても、せいぜい指輪に取り付けられる程度の物ばかり。

これほどの大きさの物は自然には存在せず、現存している中で最大級のものだろう。

「あれは……」

地面に転がる『なにか』を見つけた俺は、一度岩場の陰に隠れて辺りを窺う。

危険な魔物がいないことを確認し、地面に転がった『魔物の死体』へと近づいた。

子どものような大きさ。違うのは緑色の肌や、尖った耳。

「ゴブリンか……まあなにも見つからないよりはマシだな」

精霊界は強い存在だけが生存を許された過酷な環境。

そして同時に、強い者は『なにをしても許される』。

ゆえに強者の縄張りに入った弱者が『食われずに殺される』ことはよくあることだ。

それは自然の摂理に反する行為。

食べるために殺すのが生物のあるべき姿だが、これこそが神から見放された『魔物』という存在なのだ。

「まあ、それは俺たち人間も同じようなものか」

なにかに殺されたゴブリンに近づくと、俺は手に持った深紅の精霊石を近づける。

一瞬石が強く輝いたかと思うと、それに反応するようにゴブリンの死体がキラキラと黄金の粒子となって消えていき、精霊石に吸い込まれていった。

「……もっといないか？」

精霊石は常時魔力を吸い込む特性があるが、魔力の濃い精霊界であっても自然に吸収する力はそう強くない。

死んだ魔物は体内に魔力をため込んでおり、吸収の効率が非常にいいのだ。だからこそこれまでは夜な夜な精霊界に忍び込み、魔物の死体を求めてさまよっていたのだが……。

「……以前のような失敗はもう二度とできないからな」

かつて俺はとある都市の領主の許可を得ずに精霊界に忍び込み、大惨事を起こしかけたことがある。

結果的に街の被害はゼロだったが、その代わりに大切な者を傷つけてしまった。

「同じ失敗は繰り返さない」

見晴らしのいい荒野は魔物に見つかる可能性が高く不安を覚えるが、同時にこれまでにない成果を得ることができた。

「まさか……同じ場所だったとはな」

たしかに似ているとは思った。大地の質も、そして遠くに見える山々も。

精霊界の広さを考えれば、たとえ同じゲートを潜ったからといって同じ場所に出られることはほぼないはずだ。

だがしかし、ここは先日アマゾネスボルケーノとダイヤが戦った場所で間違いなかった。

なぜなら――『エメラルドが首を斬り落としたドラゴンの死体』がそこにあったから。

「………………」

ゴクリ、と自分の喉が鳴る音がなにもない荒野に響く。

このドラゴンの魔力は、エメラルドが首を斬り落としたときに吸収したかったものだ。

だがそれをしなかったのは、衆人環視(しゅうじんかんし)の中だったから。

「この精霊石を誰かに見られるわけにはいかない」

小さな精霊石ですら、王族でも手に入れるのが困難と言われている。

だというのに俺が持っているのは、その数倍以上大きな拳ほどのもの。

「こんなものが存在するとバレれば、それこそ国が動きかねないからな」

もちろん、最初からこの大きさだったわけではない。

自然から吸収できる量が少ない中で、俺は魔物の死体から魔力を吸収させ続けた。そして五年かけてこの大きさまで『人工的に成長』させたのだ。

これは俺が一人でなんとかしようと四苦八苦していたときに見つけたもので、精霊の研究をしている学者たちですら精霊石が成長するなど知りえない事実。

もしこのことが国や研究所に知られてしまえば……。

「精霊たちがどうなることか……」

精霊石の恩恵は凄まじく、使い方によっては精霊の力を大きく成長させることもできる。

同時に、その希少さから市場価値も高く、大都市で豪邸がいくつも建てられるもの。

悪意を持つ人間であれば、『身寄りのない精霊たちを犠牲にしてでも』精霊石を成長させるために精霊界へ送り込みかねない。

「精霊にとって魔力の過剰摂取は毒と同じだが、人間の欲望は際限を知らないからな」

だからこそ、あの場でドラゴンの魔力を吸収することができなかった。

本音を言えば、これだけの魔力の残滓はなにがなんでも手に入れたかったが、しかしそれはエメラルドの望む未来ではない。

結果的に大量の魔力を得る機会を逃すことになったのだが——。

「まさかこのようなチャンスが巡って来るとはな」

当然ながら、ドラゴンはもう死んでいる。

周囲が広い荒野と火山帯で生活しにくい地域なのが幸いだったらしく、他の魔物たちはほとんど見られない。

ドラゴンに精霊石を近づけると、先ほどのゴブリンのときと同じく、少しずつキラキラと黄金色の粒子となって精霊石に吸い込まれていく。

命の灯(ひ)を散らしていく最後の火の粉のようで、あまりにも幻想的な光景だ。

「……次は首か」

ドラゴンの身体から得られた魔力量は俺が集めてきた数年分に匹敵し、正直言って興奮していた。

——これなら、もしかしたら……。

次に顔に向けて手を伸ばすと、不意に死んでいるドラゴンと目が合った。

どこか命の儚(はかな)さを思い出させるような瞳で、俺は一瞬だけ躊躇(ためら)い視線をそらしてしまう。

だがそれでも……。

「すまない」

この世は弱肉強食。殺したなら喰(く)うのが世の摂理。

「お前の命は必ず次の命に繋(つな)げる……だから許してくれ」

再びドラゴンの瞳を見ると、すでに閉じられていた。

もしかしたら最初から閉じられていたのを、俺が罪悪感から幻想を見たのかもしれない。精霊石が再び光り輝くと、ドラゴンの身体も頭も、最初からそこにはなにもなかったかのように消え去ってしまった。

「……帰るか」

精霊と違い、人間は精霊界にどれだけ長くいたとしても魔力を吸収することもないので、理論上は永住できる。

しかしいつ魔物と遭遇するかわからないこの場所は死と隣り合わせ。あまりにも危険で精神的に苦しいものだ。

「……ありがとう」

俺はドラゴンのいた場所を改めて見て、両手を合わせて瞳を閉じる。

しばらくそうしながら、俺は元々ゲートのあった場所に戻るのであった。

カーテンの隙間から差し込む眩(まばゆ)い陽光を浴びながら目を覚ます。

ひんやりと早朝の冷たい空気が気持ちよく、もう少し暖かい布団(ふとん)の中で寝ていたいと思いながらも、とりあえず身体を起き上がらせた。

時計の長針が六時を示し、普段より少し早い時間に目が覚めたことで鬱屈を感じる。

俺の心とは裏腹に、一度覚醒した頭はどうやら二度寝を要求していないらしい。

とはいえ、身体（からだ）がすっきりしているかと言われるとそうでもない。

精霊界に行くと、どうにも次の日は身体が重く、なにもする気が起きないのだ。

「ところで……なぜエメラルドが同じ布団にいるのだ？」

「すぅ……う、うぅ……ん」

いつの間にか隣で寝ているエメラルドが寒さに反応し、俺がめくった掛布団（かけぶとん）を奪うと、そのままヤドカリのように身を包む。

暖かさに満足したのか、その顔はずいぶんと安らかで気持ち良さそうだ。

いい夢でも見ているのかやや顔がだらしなく緩むが、生まれ持った美貌のおかげでそれすらも魅力的に映り、一生眺めていたいくらいである。

――あぁ、やっぱりエメラルドは可愛（かわい）いなぁ……ではなく！

「たしかに昨夜はエメラルドが寝た後に戻ってきたはず。それにここは私のベッドだから、後から入って来たのか？」

エメラルドは寝るときパジャマに着替える。普段きっちりしている反動なのか、ゆったりした着方を好んでいてボタンなどを開ける癖があった。

そのため布団の中では恐らくパジャマがはだけており、魅惑的な格好をしているだろう。

もし今ここで掛布団を思いっきり取り上げればどんな桃源郷が存在するか、想像するだけで思わずにやけた笑いが浮かんでしまう。

「いかん……これはいかん……」

二日続けてこのような状態からスタートするなど、なんともけしからん事態だ。

もちろんこれは男だから仕方がないと言い訳もできよう。しかしである、俺は彼女の前では常に格好いい俺でありたい。

幸い、今日は昨日のように腕を拘束されているわけでもなく、脱出は容易だ。

だがそれは、これほどまでに気持ち良く寝ているエメラルドを起こしかねない行為。

「…………」

髪を一度梳いてやると、猫の様に気持ち良さそうな顔をする。

絹の様に柔らかな髪の触り心地は非情に良く、昨夜の疲れなど一瞬で吹き飛んでしまうほどの癒しだ。

「なんという吸引力……なんという癒し。さすがはエメラルド、これ以上の逸材はきっと世界中のどこを探しても見つからないだろう」

俺という男は駄目なやつだ。起こさないようにしないといけないのに、つい触れてしまう。

脱出するのは容易だと言ったな。あれは嘘だ。

まるで猫じゃらしを振り回される猫のように、ボールを投げられた犬のように、俺の身体は本能的にエメラルドを求めていた。

「ん……ん……」

「お、おお……」

かなり長い間髪を梳いているのだが、エメラルドは気持ち良さそうにするだけで起きる気配がない。

――いいのか？　もしかしてこのまま最後までいっちゃっていいのか？

まるで抵抗のない少女を前に、俺の行動はどんどんとエスカレートしていく。

そう、髪の毛だけではなく、なんとその柔らかなほっぺをプニプニさせたのだ！

「な、なんという柔らかさ」

しかもスベスベである。駄目だこれは、俺という人間を完全に馬鹿にするやつだ！

昨日はただ見ているだけだったが、こうして触れてしまうともうダメなやつだ！

すまないエメラルド。この馬鹿でエロい男を許してくれ……。

――もう止まれない、止まらない、止まる気はない！

「いくぞエメラルド……」

そうして俺は生まれて初めて、エメラルドの耳の裏を優しく撫でる！

「ん……ぁっ」

なんてエロい声をあげるんだお前はぁぁ！

そう心の中で叫びながら改めて彼女を見ると、戸惑ったようにこちらを見ていた。

しかも、俺がなにをしたのかまではっきりわかるように、顔を赤らめた状態で。

「あの……」

「…………」

「ど、どうしてマスターが、私の耳を？」

「すまない。つい傍にいるお前に触れたくなってしまったのだ」

もはや言い訳は無用。なにより俺は至高の体験をした。

童貞と馬鹿にされた俺はもういない。なにせ、非童貞の男しか触れることのできない部分に触れたのだ。

これで俺はもう、経験済みと言っても過言ではないだろう！

「あの……その……えと……」

エメラルドは視線を右へ左へ、そしてたまに自分の耳に触れながら、やはりこちらに視線を合わせてくれないまま、身体をモジモジとさせる。

思った以上に反応している姿を見て、改めて思う。

──やっぱりやり過ぎたぁぁ！

なにが童貞と馬鹿にされた俺はもういないだ！　なにがこれで俺はもう経験済みと言っても過言ではないだ！

最低か！　俺はエメラルドを困らせるつもりなんてなかったのに！

所詮俺は寝ているところでこっそり耳を触る程度しかできない童貞だ！

ごめんな十年前の俺、本当なら精霊ハーレム作ってウハウハしてると思ってただろ？

現実はこの程度の男だよ俺は！

「あ、あの……」

「ん？　どうしたエメラルド？」

なんで表面上の俺はこんなに冷静なの⁉　なんか壊れてるんじゃないか俺の心と身体⁉

「マスターは、耳がお好きなんですか？」

「好きだな。エメラルドの耳は触っていてとても気持ちがいい」

──あ……しまった。

「そ、そうですか……」

あまりにも不意な質問に、つい反射的に答えてしまった……。

ああ、これでもう終わりだ。ずっとエメラルドと一生を添い遂げられるために頑張ってきたのに、もうダメだぁ……。

いきなり耳が好きなんてカミングアウトされたら、エメラルドだって困るに違いない。

これはもう、恥も外聞も捨てて一度土下座をして謝るべき――。

「で、でしたらどうぞ……」

――え？

ベッドの上に内股で座り、乱れたパジャマをさり気なく直したエメラルドが、そっと髪の毛を後ろにやって耳を出す。

「いいのか？」

「は、はい……マスターがお喜びになるのであれば、いくらでも……」

そう言うが、本来は美白の肌が真っ赤に染まり、恥ずかしがっているのがわかる。

俺は内心で動揺しまくり、しかし本能には逆らえないのか彼女の耳に手を伸ばす。

「ぁ……ぅぅ……」

改めて正面から耳に触れると、黙って触っていた罪悪感がないからか先ほど以上に積極的に触れてしまう。

エメラルドはというと、艶めかしい声を上げながらも俺から離れようとしない。

真正面から見る彼女はやはり綺麗で、しかも今はどこか煽情的な色気がある。

それと同時に甘い香りが髪の毛から漂い……もう俺変態でいいから一生嗅いでいたい。

このままでは本当にいきなり襲い掛かってしまうと思った俺は、一番好きな部分――エメラルドの宝石のような瞳を見つめた。

「やはり、エメラルドの瞳は綺麗だな」

「――っ⁉　あ、あのマスター⁉　そ、そろそろ！　そろそろよろしいでしょうか⁉」

「む、そうだな……すまない」

俺がそう言って手を離した瞬間、エメラルドが慌てて背を向ける。

も、もしかして嫌われたか？　でも触っていいって言ってくれたし……。

「エメラルド？」

自分の耳をさわさわしているエメラルドに声をかけるが、彼女はなにも言ってくれない。

しばらく待っていると赤かった肌が元の白さを取り戻し……ゆっくりと振り向いた。

「マスター。私の耳は、その、良かったですか？」

なんというか、このいじらしい態度はあまりにもずるいだろう。なにがずるいのかわからないが、とにかくずるい。

「……ああ。疲れなどすべて吹き飛んでしまうくらいに良かったぞ」

「少しでもマスターのお力になれたなら、良かったです」

──良かった、いつものエメラルドだ。

どうやら俺のことを嫌ったわけではないらしく、心の底からホッとした。

「しかしこれではお前に貰ってばかりだな」

「そんなことありませんよ」

「いや、これでは私の気が済まない。なにか欲しい物はないか？」

普段はこうして聞いても、遠慮してあまり欲しい物を言わない。

だが──。

「あの……でしたら一つだけ」

そう切り出した彼女の提案は、俺としてもある意味で驚き、それ以上に俺が嬉しく思うものだった。

第十章　デート

昼間だというのにテラス席にはエールを飲む男たち。元気に笑い走り回る子ども。井戸端会議をしている女性たち。

周囲を見渡すと、ルクセンブルグは地方都市の割には比較的豊かな街だからか、昼間から活気に満ち溢れていた。

そこらを歩いている精霊たちも、精霊大戦のない普通の日はこうして人と同じように街の日常を楽しんでいるように見える。

ルクセンブルグにやってきてからそれなりの日が経っているし、毎日出歩いているため、この都市について詳しくなったと思っていたが……。

「思っていた以上にこの都市のことを知らなかったのかもしれないな」

この都市に来てから、いやそれ以前から俺の生活は基本的に精霊や精霊大戦を中心に回っていた。

実際に参加することもあるし、ただ見学のときもあったが……それゆえに街のことを知ろうとまでは思わなかったのだ。

「日々同じ道中ばかりでは、見えてこないものがあるということか……」

「マスターはいつも精霊大戦のことばかり考えすぎです。もちろんそれが強さに繋がっていることは承知していますが、たまには息を抜かないと倒れてしまいますよ？」

「ふ、そうだな」

今朝のエメラルドの提案――それは二人で街を見て回りたいというものだったからだ。

だから今日は完全にオフの日ということにして、二人で街を見て回っている。

「お前があういうことを言うのは珍しいな」

「…………」

「エメラルド？」

俺の言葉にエメラルドの顔が少しだけ不安そうな顔をする。

ダイヤが嫌いになったのかと一瞬不安にも思ったが、エメラルドはそういう子ではない。

だが今の表情を見るにもしかして、と少し考えていると――。

「最近、ダイヤばかりに構っているように見えます」

「む……」

そんなにとは、ないとは言えない。

無邪気に接してくる仕草は保護欲を掻き立てられ、つい甘やかしてしまうのだ。

それに対して、エメラルドは一歩引いたところで俺たちを見守ってくれていた。

言われるまで気付かなかったが、たしかに俺はここ最近ダイヤに構っていることが多かった気がする。

そして今日のお願いというのは……。

「たまには私も、マスターを独占したいと思ったんです。元々ずっと独占してきたから我慢してきましたけど……」

「そうだったか……寂しい想いをさせた」

「いえ。あの子はまだまだこれからですから、しっかりマスターと信頼関係を築かなければなりません！　ですがたまには、私の方ももっと見て欲しい……」

こんな風にエメラルドが言うのはいつ以来だろうか？

いつも優しく見守ってくれているから大丈夫だと思っていたが、元々精霊というのは独占欲が強いものだ。

それゆえに自分に魔力を与えてくれるマスターに対して、別の精霊と同時に契約することを良しとはしない性質にある。

エメラルドは出会ったときからずっと傍にいて、いつも俺を第一に考えてくれてきた。

だがどうやら、俺の方がそんな彼女に甘えてしまっていたらしい。

「今日は、私だけのマスターでいてくれますか？」

「もちろんだ」

俺がそう言うと、彼女は微笑みながら俺の腕に抱き着いて来た。

お、おお？　今日はずいぶんと積極的だなエメラルド⁉　男にそんな簡単に抱き着いたら……抱き着いたら……。

「ふふふ……」

「まあ、いいか」

幸せそうに笑っている彼女を見ると、それだけで邪な考えはすべて吹き飛んでしまう。

柔らかさとか、温かさとか、風に乗って揺らめく長い髪とか、その全てが愛おしい。

やはり俺は間違っていない。たとえ世間がどれだけ人と精霊の愛を認めなくとも――。

「エメラルド、私は最後まで戦い続けるぞ」

「……？」

小さく呟いたからか、エメラルドには聞こえなかったらしい。

俺の方が頭一つ大きいので、腕を組んだ状態で見上げてくるのはまるで恋人のようだ。

普段はもっと落ち着いた雰囲気なのに、上目遣いで見上げてくる姿はどこか子どもらしさもあって、いつもと違う魅力がある。

「なんでもないさ。先ほども言ったが今日は休暇だ。美味しい物でも食べるとしよう」

「はい」

腕を組んで街を歩く。誰の目から見てもデートだ。

そう、今俺はデートをしている！　デートをしている！　デートをしているのだぁぁぁ！

全人類の精霊が好きな男たちよ！　俺は今、そのすべての希望を背負ってここに立つ！

そんな気持ちで周囲を見てみると、男どものうらやむ視線……はないにしてもこちらをチラチラと見る視線を感じる。

俺はもうこの街でブラックダイヤモンドのマスターとして顔が知れ渡っているから、他の精霊と歩いていることに対する疑問のようなものだろう。

まあだからといって、そんな視線を気にするのであれば、最初からこんな険しい道を選んでいないし、今更というものだ。

「しかし、こうしてみるとこの街は意外に広いな」

「そうですね。これまで見てきた地方都市にしては活気もあります」

この街の領主であるマルークはダイヤを虐めたこともあり、正直あまりいい人間ではない。だが、精霊大戦などで領地を豊かにするという意味では優秀なのかもしれない。

——俺とブラックダイヤモンドが金になると思えばすぐにすり寄ってきたしな。

まあ多くの人間にとって領主がどのような人間でも関係なく、自分の身の回りが裕福であり幸福であればいいと考えるのだろう。

そして俺もまた、自分と俺が大切に想う精霊たちが幸せであればそれでいい。

改めてこうして歩いてみると、街の形と主要部を知っているだけで、細かい部分まではちゃんと見たことがなかったかもしれない。

いつも孤児院やコロシアムまで歩いて行く道のりとは違う道を一本進むだけで、まるで違う街に来たような光景が広がっていた。

「このような場所があったのだな」

「私も初めて知りました」

広場にテントが張られ、そこで様々な人が買い物をしている。

俺が買い物をする際は普通に店で買うことが多いが、ここは個人での売買をしているバザールらしい。

街の中央ストリートに比べるとさすがに人は少ないが、それでも店とは違い個人を相手に商売をしているからか、客と店主で値切り合いの声などが飛び交う。

これはこれで活気があると言えるし俺自身も結構好きな雰囲気だ。

「あのマスター、あそこを見てもいいですか？」

「もちろんだ」

露店を見て回ると、古びた玩具(おもちゃ)に怪しい薬を売る店もある。ほとんどがガラクタばかりではあるのだが、自分が買わないのであれば見ている分には意外に面白い。

それに、隣でエメラルドが興味深そうに瞳を輝かせる姿は珍しく、俺としてはそんな彼女を見られただけでここに来た甲斐(かい)があったくらいだ。

「マスター、あそこには本が並べられていますね」

「行ってみるか」

ある一件の露店。そこには老婆が胡坐(あぐら)をかいて座っており、まるで寝ているか気絶しているかのようにピクリとも動かない。

そして彼女の背後には少し大きめの棚があり、そこに古びた本がずらりと並んでいた。

「邪魔するぞ」

「……ふぁい」

一瞬だけ片目を開けて俺たちの姿を視認したと思うと、再び目を閉じる。

もし俺たちが泥棒で言葉を発しなければ、いくらでも持って帰れてしまいそうな雰囲気なのだが、大丈夫だろうか？

「お婆さん、こちら少し触ってみてもいいですか？」

エメラルドが丁寧に聞くと、老婆は再び片目を開けて――。

「ふぁい」

それだけ言ってまた閉じる。

「……いいということでしょうか？」

「……だろうな」

とりあえず許可を得られたので、シートに座って寝ている老婆の横に置いてあるいくつかの本を見る。古くて紙もだいぶ傷んでいるが、文字もしっかり見える状態であり、丁寧に保管されていたのがわかった。

文字は今の時代とはだいぶ異なるもの。というより、そもそも人間の文字ではない。

「これは、童話か？」

「それも精霊言語のものですね」

稀に過去の遺跡や精霊界で見つけられる古代遺産。

その一部は過去の精霊たちが扱ったとされる精霊言語が刻まれていることがある。

精霊言語の刻まれた古代遺産は、精霊に対して特別な力を持つとも言われており大変貴重な代物なのだが……。

「まあこれはただの本のようだがな」

「特別な力も感じませんし、古い時代に生きた精霊かその近しい者が書いただけですね」

パラパラとめくってみる。

いちおう一通りの精霊言語は覚えているため読めると思ったのだが、ところどころ文字が擦り切れている状態で、時間をかけて読まなければ難しそうだ。

ただどうやら過去の精霊とマスターの話らしい、というのは途中に出てくるイラストのおかげでわかった。

「これは全部童話なのか？」

「ふぁい？」

「いや失敬。こちら、確認させてもらってもいいだろうか？」

「ふぁい」

……大丈夫だろうかこのお婆さん。

とりあえず起きてはいるらしいし許可も得られたので、お婆さんの後ろにある棚の本も見てみる。

「興味深いな」

精霊言語で書かれた本というのは意外と見つかるが、こうして物語になったものは初めて見た。一般人では読むこともできないだろうから中々売れないが、俺からすればかなり貴重品にも思える。

「………」

ふとエメラルドを見ると、彼女は真剣な表情で一冊の本を読んでいた。

その眼差(まなざ)しはどこか憧れのようなものも見え隠れし、妙に気になる。

「エメラルド？」

「っ――!?　あ、その」

声をかけた瞬間、誰が見ても慌てているのがわかる仕草を取り、普段凛(りん)としている彼女には珍しい光景だ。

「それが欲しいのか？」

「あ、えと……その」

チラチラと、自分の手に持つ本を見るだけで、彼女が気に入ったのだと理解する。

老婆を見ると、両方の瞳を開いてじっとこちらを見ていた。

どうやら買う気のある人間に対しては興味があるらしい。

「いくらだ？」

「ふぁい」

指を三本立ててくるので、俺はその通りに硬貨を置く。それで満足したのか、お婆さんは再び瞳を閉じた。

「他に欲しいのはないか？」

「大丈夫です……ありがとうございます」

「気にするな。いつも助けてくれているし、もっとたくさん買ってやりたいくらいだ」

今日みたいに甘えたいなんて言われたら、俺はいくらでも甘えさせてやるというものだ。

だがエメラルドはこれだけでいいんです、と言いながら宝物を貰ったみたいに両手で大事に本を抱える。

それだけ欲しかったということなのだろうか？

たしかにエメラルドは読書が趣味だが、ここまで一つに執着をするのは珍しい。

「そうか……ならば部屋でゆっくり読むといい」

「はい」

「読み終わったら、私にも貸してくれるか？」

「それは駄目です！」

——なんで⁉

え？　好きな子の好きな物を知りたいって気持ち、もしかして気持ち悪いのか⁉

で、でも知りたいだろ⁉　同じものを経験して、それで感想を言い合って、そうだよねーと笑い合うとか凄く憧れるよな⁉

もしかしてこれ俺だけ⁉　もしくは同じ経験をしたくないくらい嫌われてる⁉

「あ！　べ、別にマスターに貸したくないというわけではなく！　その、その……」

「いや、構わない」

内心ショックだが、それを表に見せるわけにはいかない。

なぜなら俺はエメラルドティアーズという精霊の前では、絶対に動揺などしない常にクールでスタイリッシュで格好いい俺でいなければならないのだから。

「それは秘めたいようなものなのだろう？　他の誰にでもなく、自分自身の胸に」

「……はい」

自然と『俺だけじゃなくて誰とも』共有したくないのだろうと念押しするように聞くと、エメラルドは躊躇いがちに頷いた。

よし、これで俺が嫌われたのではなくて、なんか理由があるってことで終われたぞ！

「ならば、その想いは大切にするといい。それがお前をまた一つ、成長させるきっかけになるのだから」

「ありがとうございますマスター……」

そうして再びぎゅっと、宝物のように本を抱きしめる。

気になる……気になるが、ここでさらに追及するのは格好いい男ではない。

俺は我慢ができる男。

今までエメラルドやダイヤの無防備な可愛いアタックだって我慢してきたのだから、今回だって我慢できるのだ！

「さあ、次に行こうか。あそこの露店も中々面白そうだ」

このバザールの中には様々な物がある。それこそガラクタだと思われていた物の中に、宝石なども見つかるかもしれない。

一緒に露店を回りながら、髪留めやアクセサリーが並んでいる店が目に入る。

「今日は私の我儘でダイヤを置いてきてしまいましたし、なにかあの子のためにお土産を選んでもいいですか？」

「もちろんだ」

いい子だなぁ……。

本来、精霊は己が強くなるためにマスターを選ぶものだ。

だがマスター側には精霊を受け入れられるキャパシティというのが存在する。

——昔、複数の精霊と契約して大揉めしたマスターがいたな……。

そのマスターは元々無類の強さを誇っていたが、信頼を失った結果精霊大戦で勝てなくなり、そして精霊たちに見放されてしまうことになる。

だから一人のマスターが複数の精霊と契約することは推奨されていない。

なぜならそれは、精霊が強くなるうえで『邪魔』となるから。

だがエメラルドはそんな気配を欠片も見せず、ダイヤを受け入れてくれた。

「エメラルドは、私がダイヤを迎え入れたことに対して思うことはないのか？」

「ありません。たしかにマスターとともに在る時間は減るかもしれませんが、しかしそれは私たちの夢の前では些事です」

「そうか……そうだな」

夢。そう夢だ。

俺とエメラルドは『人と精霊が平等』になるという夢のために、ずっと戦ってきた。

そしてそのために、この子にはずっと苦しい想いをさせてしまったものだ。

「……マスターはもしかしたら、私のことを後悔しているかもしれません」

「む？」

「ですが私は、マスターとともに在った日々を一度でも後悔などしたことはありません。たとえ、この身が戦えなくなったとしても」

そう真っすぐ見据える瞳にはブレはなく、本心だということが伝わってきた。

――本当に、俺には勿体ない精霊だ。

だがそれでも、誰かに渡したいとは絶対に思わない。

エメラルドティアーズという精霊は、このレオンハートの精霊なのだから。

「私も、お前と共に在った日々を大切に想っている」

「はい。それではダイヤのお土産を選んであげましょう。今日は急に置いてきてしまいましたからね。拗ねているかもしれません」

いつも通り、妹を可愛がる姉のような言葉に俺は心が温かくなりながら、エメラルドが見繕った髪留めを買うのであった。


バザールで買い物を終えた俺たちは、特に目的地を決めることなくぶらりと歩き続ける。

「そういえば、あちらは行ったことがありませんでしたね」

エメラルドが指さした方向は、コロシアムにも、ギルドにも、孤児院にも繋がっていない道で、高く伸びた階段の先はこれまで一度も通ったことのない場所だった。

俺たちは旅人で、目的を達したら次の街へと行く。だからこの散策は意味のないもの。

だがそれが意味のないものであっても、愛しい少女とともにある時間であれば、意味のあるものに変わるのだ。

「行ってみるか」

階段を登っていくと、街を見渡せる高台に繋がっていた。

辺りを見渡せばカップルらしき男女が腕を組み、街の景観を楽しんだりベンチでゆったりとしていた。

……ここに腕を組んだ状態の俺とエメラルドが行ったら、絶対に勘違いされるよな。

むしろ勘違い上等、と思っているのだが問題はエメラルドの方だ。

お、俺と勘違いされたくなかったらどうしよう……。

そんな不安を抱えていることなど顔には出さずにこっそり彼女を見ると、少しだけ顔を紅くしてはいるが、普段通りの表情なので意識をしているのは俺だけらしい。

ここは男として、動揺する姿は見せられない！

緊張する足をどんどん前へと進ませ、そして街全体を一望できる場所に立つ。

眼下に広がっている地方都市を見ながら柔らかな風を感じるのは、なんとも心地がいい。

「こうしてゆっくりするのも久しぶりだな」

「はい……ふふ、街が小さい。ですが、コロシアムはとても大きく見えますね」

「あれはギルドだな。それにあの小さな教会のような場所がダイヤのいる孤児院か」

そんな風に俺たちは一つ一つ指さしながら、この街のことを語っていく。

どうやら、歩いている時は気付かなかったが存外この街のことを知っていたらしい。

「地方都市ルクセンブルグか……」

「私たちが初めて精霊大戦を戦ったのも、地方都市からでしたね」

思い出すのは、五年前の俺。正直言うと、あの頃の自分はもはやただの黒歴史なのでちょっと忘れたい記憶でもある。

「……あのときはなにもわからず、ただ我武者羅だった」

「謙遜が過ぎます。マスターは初めての精霊大戦でもまったく動じませんでしたよ?」

「エメラルドを信じる以外にできることがなかったからな」

「ふふふ、そういうことにしておきましょう」

いやエメラルドさん? 本当にできることがなかったからなんですよ?

周りのマスターは俺とは違い、精霊に対して魔法でサポートができた。

それに対して劣等感も覚えていたし、なによりなにもできない自分が情けなかった。

だからこそ、唯一自慢できること——すなわちエメラルドティアーズという最高の精霊は負けないと、そう信じ続けた。

そしてただ一度の敗北もなく、俺たちは地方都市から彗星の如く現れた英雄として、中央に乗り込んだのだ。

「最強のマスター『黄昏の魔王』レオンハート、か」

それは決して魔力のほとんどない三流マスターに付けられて良い二つ名ではない。

だがそれでも、逃げるわけにはいかなかった。

俺には夢があったし、なにより隣でずっと支えてくれた精霊がいたから。

「エメラルド、改めて言わせて欲しい」

「なんでしょう？」

「お前が私の精霊で良かった。お前がいたからこそ、私はあそこまで辿り着けたし、そして今こうして新たな道を進める」

「……こちらこそ、マスターがいてくれたから今の私があるのです」

風を感じ、街を見て、そして俺たちはまた次の街へと進んでいく。一つ、一つ、まるで階段を上がるように……。

そうして今度こそ、再び天空の塔に挑み、この世界を変えるのだ。

世界最高の精霊であるエメラルドティアーズと、そして新しく仲間になったブラックダイヤモンドの二人となら、たとえ俺が三流マスターでも、誰も辿り着けない高みへと進めることだろう。

「エメラルド、これからもよろしく頼む」

「はい、マスター」

この時の俺は——そう信じていた。

第十一章　急変

エメラルドとデートをした翌日、実はまた今日も彼女が布団に潜り込んでいるのではないかと期待した朝。

残念ながら布団には俺の身体以外はなく、少し離れたベッドにエメラルドが眠っていた。

「まあ、うむ……」

これが当たり前の日常なのだから、がっかりするのは彼女に失礼だろう。

外を見れば太陽は昇っていて、いつもより少し起きるのが遅い時間帯。

「普段、この時間ならもう起きているのに珍しい……」

ベッドのふくらみからエメラルドが寝ているのは間違いない。

今日は昼からまたダイヤと一緒に精霊大戦に参加するので、そろそろ準備をしないといけないのだが……。

「そういえば、最近は私より起きるのが遅いことも多いな」

一緒に寝ていたことで毎朝動揺して気付かなかったが、今までであれば俺より先に起きて色々と準備を整えてくれる彼女がこの時間まで寝ているというのは違和感がある。

とはいえ彼女も疲れているのかもしれない。そう思って俺は自分の着替えを先に済ませると、ベッドで寝ているエメラルドを起こすために近づいていく。

「エメラルド、そろそろ起きる時間だぞ？」

「ぁ……マス、ター？」

小さな息遣い。普段ならそんな彼女の声一つが艶めかしいと思うところだが、どうにも様子がおかしい。

「すぐ、起きますね……」

「待て」

見れば白磁のような白い肌がうっすら朱に染まり、呼吸も少し荒い。

瞳を開くことも億劫なのか半開きで、身体には力が入っていない状態。

「まさか……っ」

一瞬、最悪を想像して血の気が引く。

「すみません。ゴホ、ゴホ……どうやら風邪を引いてしまった、ゴホ、みたいで」

「……本当に、風邪か？」

「昨日、はしゃぎ過ぎたのかもしれません……」

「そうか……」

彼女の額に触れると、たしかに熱を帯びている。咳が出ているのも風邪の症状だ。

エメラルドの言葉と診断で、俺は内心でホッとする。

魔力の過剰摂取による体調不良ではないかと焦ったのだが、ただの風邪であれば安静にしていれば治るだろう。

「それなら今日はゆっくり休むといい」

「はい……ゴホ、マスターとダイヤが活躍する姿、見たかったのですが……」

「そんなものはこれから何度も見させてやるから気にするな。それよりお前が心配だ……今日はもう私も休んで──」

「駄目、ですっ」

「だが……」

「私は、たとえどんな理由があったとしても……ゴホ、マスターが負けるところを見たくありません。なに、より……貴方の足を引っ張る存在でありたくない……」

熱が酷いからか、エメラルドの瞳から徐々に涙が浮かんできている。

嫌々と首を振る仕草はどこか幼く見え、大人っぽい普段の彼女とはだいぶ違う姿だ。

「わかった。精霊大戦を欠場するようなことはしない。だから、泣くな」

「泣いてなんて、いません」

「私は今日も勝つ。今日だけではない。これから先、すべての戦いに勝ってみせる。お前はここで私たちの勝利を信じていればいい」

「はい……マスターは、最強の精霊使いですから……」

軽く頭を撫でてやると、少しだけ気が紛れるのか穏やかそうな顔をした。

しばらくそうし続けていると安心した様に瞳が閉じていく。

熱で体力を奪われてしんどかったのだろう……少しすると寝息が聞こえてきた。

「帰ったらお前が望むこと、なんでもしてやるからな」

そうして俺は宿の女将にエメラルドのことを任せ、部屋を出る。

今日も、明日も、未来永劫ただ一度の敗北もない最強として在り続けよう。

それが、彼女との約束なのだから。


「マスターさん！」

孤児院に辿り着くと、俺のことを待っていたダイヤが勢いよく抱き着いて来る。

もはや日課になりつつあるこの行為を俺は受け止めつつ、いつものようにゆっくりと身体から離した。

「あれ？　エメラルドさんは？」

「どうやら風邪を引いてしまったらしい。今日は宿で安静にさせている」

「風邪⁉　た、大変だよ！　看病に行かないと！」

慌てた様子で駆け出そうとするダイヤだが、このまま放っておけば本当に宿まで走り出しかねない。

「熱が出て咳もあるが大丈夫だ。それよりも本人からの要望で、精霊大戦で勝って欲しいと言われている。この意味、わかるな？」

「……うん、わかるよ」

先ほどまで動揺していたのが嘘のように、真っすぐ俺を見つめてきた。

普段は少しおっちょこちょいなダイヤだが、この切り替えの早さは戦いを生業とする種族である精霊なだけある。

「勝利を手土産に、あとでしっかり精霊大戦の内容について話してやろう。それが一番、エメラルドが喜ぶ」

「うん！　よーし、今日はいつも以上に頑張るぞー！」

そんな気合とともにコロシアムまで駆け出すダイヤを追いかけるように歩き出し、ほんの少し不安を覚えた俺は宿の方を見る。

――エメラルド……泣いていたよな？

あんな彼女の姿を見たのは、過去に一度だけ。それが余計に不安に思う。

俺はできるだけ早く宿に戻ろうと決意して、ダイヤを追いかけるのであった。


『さあ空は快晴太陽熱し！　今日もルクセンブルグは多くの精霊たちが覇を競い合ってぶつかり合う！　すでに終えたどの試合も熱いバトルが繰り広げられて会場のボルテージも最高潮！　そしてここに来て本日のメインバトルが始まります！　実況は引き続きこの私！　そして解説はお馴染みオーエンさん！』

『今日も一進一退の熱い戦いが見ていていいですね』

『はい！　熱いと言いながらも声のトーンは相変わらず淡々としていてわかり辛い！　でもすがそのうちに秘めた精霊愛は伝わってきているのでオッケーです！　さあそれでは本日のメインバトル、精霊とマスターたちの入場だぁ！』

そんな実況者たちの声とともに会場の歓声が爆発する。

一人一人、精霊とマスターが入場する度にその特徴を捉えた説明を行い、サポーターたちを盛り上げる姿はとても真似できないものだ。

『そして最後はこの二人！　かつて最弱精霊と蔑まれ、そして家族を守るためにたった一人で戦い続けた可憐な少女。苦しき運命に苦しみ、足掻き、戦い、抗い続け、そしてついに手を取る運命のマスターが現れた！　今やルクセンブルグにその名を知らぬ者なしと謳われるこの二人こそ、新しき『最強』の始まりだ！　不屈の心を持った黒き怪物、ブラックダイヤモンドォォォォ！』

「うぅ……また怪物って言われたぁ」

こんなに可愛いのに怪物とは中々可哀想だ。

とはいえ、この辺りは俺たちが決めるものではない。

かつて『黄昏の魔王』と呼ばれたとき、まだ若かったから喜んで受け入れたものだが、

今あれを言われるのはちょっと恥ずかしいし……。

「怪物でもいいだろう？　優しく可愛い怪物だってこの世にはいるんだ」

「マスターさん……」

「私たちはただ見せつけてやればいい。最強であることの証明をな」

「……うん！　今日は最初から全力全開で圧勝して、エメラルドさんにいっぱい褒めてもらうんだ！」

「その意気だ」

エメラルドがダイヤのことを妹のように可愛がるように、ダイヤもまたエメラルドのことを姉のように慕っている。

普通なら複数の精霊と契約したら喧嘩をする？　そんな常識、世界を変えようと戦う我々には関係のないことだ！

「終わったら甘い物でも買って、三人で食べるか？」

「本当⁉　よーし、よーし！　今日は本当に頑張るぞー！」

そんな子どもみたいにはしゃぐ姿が可愛い。

今日戦う精霊たちには申し訳ないが、今のダイヤは本当に強い。

そう、たとえ他の精霊たちが結託して最初にダイヤを狙おうと――。

『強い強いー！　ブラックダイヤモンド、他の参加者全員が一斉に攻撃を仕掛けてもまったく関係ないと反撃していくぅぅう！　なんという硬さ！　なんというパワー！　そして我が精霊こそ最強と信じて動かないレオンハートも恐ろしい！　これだけの集中砲火の中で、一切動じずただブラックダイヤモンドだけを見つめる姿は、まさしく最高峰のマスターの証明なのでしょうか⁉』

『本人は否定していますが、あれこそかつて無敗の伝説を残した最強のマスターと同じ行動ですね。普通のマスターであれば魔法でサポートをする場面でも、負けることなどあり得ないとただ精霊を信じ続ける姿……誰にでもできることではありません』

『オーエンさんもそう思いますよね⁉　まあ本人が否定しているので、これ以上は言いませんが、しかしやはり伝説は伝説なのかぁ⁉』

そうして、俺たち以外の精霊とマスター全員が結託をして襲い掛かってきた精霊大戦は『俺たちの圧勝劇』で終わるのであった。

「んふふー、勝った勝ったー」

「そうだな。よく頑張った」

「いつも以上に身体（からだ）が軽かったし、いくら来られても全然負ける気がしなかったよ！」

精霊大戦の帰り道。

最初の約束通り、チョコや病人でも食べやすい物を買い漁（あさ）って宿へと戻っていた。

「しかし今回の結果は、少し不味（まず）かったかもしれないな」

「え？　どうして？」

「ダイヤの強さがこの都市に収まるレベルではないことを証明してしまった」

戦いに参加した全精霊たちがチームを組んでも倒せなかったということは、もうダイヤに勝つ手段がないということだ。

「それって、なにか問題なの？」

「これ以上は、精霊大戦としての賭けが成立しなくなる」

たしかにアマゾネスボルケーノもダイヤが現れるまで無敗だった。

だがあれは領主の息子であるザッコスが最強であるという対外的なアピールもできていたので、ギリギリ成り立っていたと言ってもいい。

俺とダイヤは人気こそあるが、一方的な勝負というのは見ている者を飽きさせる。

今は奇跡の逆転劇で盛り上がっているルクセンブルグの人々も、次第に「どうせブラックダイヤモンドが勝つ」と言うようになるだろう。

そうなったとき、熱い盛り上がりを見せていた精霊大戦は途端に熱を失うに違いない。

「もう少し、手加減したらいいってこと？」

「いや、それは相手に失礼だ。なによりお前にそんな器用なことができるとも思えん」

「うっ……まあ、そうだけどさ……」

その辺りは意外と、アマゾネスボルケーノが上手だったと思う。

派手なバトル展開を意識し、明らかにヒール役でありながらわざとダメージを負って場を盛り上げたりもしていた。

そして最後は圧巻の迫力で勝利を得る姿は、領地を盛り上げたい領主にとってもっとも必要なスキルかもしれない。

「……まあどちらにしても、まだしばらくはお前の逆境を跳ね返した物語は人々の心に残っているし、とにかく圧倒すればいい」

「そっか。マスターさんがそう言うならボク、頑張るね！」

どちらにしても、俺たちの目的は最強の精霊使いになって天空の塔（バベル）を制覇すること。

そのためには中央にもっと近づいて行かなければならないのだ。

この都市に留（とど）まり続けるつもりはないので、そこまで気にする必要もないのだが――。

「問題はゲートか……」

ルクセンブルグの領主であるマルークに話が通っているので今は簡単なのだが、違う街に行けばまた領主を説得しなければならないのが面倒だ。

昔みたいに無断で使用をしていてはいずれテロリストか犯罪者として捕まってしまうので、やらねばならぬことでもあるのだが……。

「まあそれも、そのとき考えるか」

「マスターさん？」

「お前はお前のまま、自由に戦うといい。そのための舞台は、私が作り続けてやる」

「うん！」

さて、それよりもエメラルドの方が心配だ。

もう何年も傍（そば）にいたのに、あの子があんな風に風邪で弱った姿を見たのは初めてだし、なんともなければいいが……。

そう思って宿に戻ると、女将が慌てたように近づいて来る。

「あ、アンタ！　良かった、戻って来たんだね！」

「女将、すまなかった――」

「早く、早くあの子のところに行ってやりな！」

「――っ！」

俺の言葉を遮りながら慌てた様子を見せる女将に、俺は嫌な予感が拭えなかった。

急いで部屋に入ると、そこには医者らしき老婆と苦しみながら眠るエメラルドの姿。

「なっ!?　これはいったいどういうことだ！」

「この子のマスターかい？　今寝たところだから、大きな声を出すものじゃないよ」

「ぐっ……」

「いい子だ。そしたらここじゃなんだし、別の部屋に行くとしようか」

そうして立ち上がった老婆について部屋を出る。

「マスターさん……」

廊下には戸惑った様子のダイヤ。

俺も不安を隠せないが、この子が不安になるような真似をするわけにはいかない。

「少し話を聞いて来る。悪いが、ここでエメラルドを看ていてくれるか？」

「ぼ、ボクも聞く！」

「……だが」

「アンタはたしかブラックダイヤモンドだったね。そうかい、そういえば複数の精霊と契約したマスターがいるって聞いていたけど、アンタのことかい。そしたら二人とも一緒に聞くといい。どうせ、隠し続けられることじゃない」

そうして医者らしき老婆について別の部屋に入り、俺たちは並んで座る。

「まず先に言っておく。あの子、エメラルドティアーズの症状は風邪じゃない」

「――っ⁉」

まさか、まさか、まさかまさかまさか！

聞きたくない事実に耳を塞ごうとし、無理やり身体を止める。

「その様子じゃ心当たりはあったらしいね。そう、あの子の症状は精霊特有の『魔力摂取の限界突破』。つまるところ、寿命だ」

その言葉を聞いた瞬間、俺の目の前は真っ暗になった。

「……だ、だけどエメラルドさん、この間まで普通だったよ！　そんな苦しそうな素振りは見せなかったよ⁉」

「ずっと我慢していたんだろうね。アンタたちに心配かけないようにするために、気丈に振舞っていたんだろうさ」

「そんな……」

「すでに末期まできている。本当なら、ただ生きるということすら苦しかったはずだよ」

医者の言葉には気休めなどない。ただ事実を淡々と伝えるだけ。

だからこそ、それが真実であるのだと否応なしに突きつけられる。

「アタシは医者だが、これ以上はなにもしてやれない。そもそも摂取限界は病気でもなんでもないんだ。自然の摂理に任せて、最期まで傍にいてやることだけができることだよ」

医者は出ていき、呆然と立ち尽くす俺と泣きじゃくるダイヤだけがこの部屋に残される。

「う、うぅ……やだよぉ……エメラルドさんが死んじゃうなんて、やだよぉ」

「………」

「マスターさん、なんとかできないの？　このままだと、エメラルドさんが！」

思い切り抱き着いて来る彼女を、俺はただ抱きしめる。

それは彼女の不安を拭うためではなく、自分の不安を押し殺すためにそうした。

なにかに掴まらなければ、恐怖に身を崩されそうだったから。

「マスターさん！　マスター、さぁん……」

泣きじゃくるダイヤを見ながら、この子を泣かせ続けるわけにはいかない。

そして、エメラルドを苦しめ続けるわけにはいかない。

なぜなら俺は『精霊の契約者』。

精霊たちのために生き、そして彼女たちのために世界に立ち向かう者！

張り裂けそうな心を奮い立たせてダイヤを抱きしめる力を強くし、ゆっくりと口を開く。

「手段は、ある」

「……え？」

精霊の魔力摂取限界――医者は自然の摂理と言い、人が寿命で死ぬのと同様のこと。

「ここで諦めるというのであれば、とっくの昔に諦めている！」

俺はダイヤから手を放し、急いで扉から廊下に出る。

そこには愁(うれ)いを帯びた表情をしている医者が、宿の外に出ようとしていた。これまで彼女が医者として過ごしてきた経験から、今回の件ももう諦めてしまっているのであろう。

「待ってくれ！」

「なんだい？　さっきも言ったが、これ以上アタシたちにできることはなにもないよ？」

「できることはある！　まだ救えるんだ！」

俺の言葉をただの戯言(たわごと)と断じようか、それともありもしない希望に縋(すが)る男と憐(あわ)れに思い言葉を選ぶか、きっとそんな迷いを抱いているのだろう。

「……何度でも言うよ。精霊にとって魔力の過剰摂取は寿命と一緒だ。だから、その摂理を曲げることは不可能――」

「これを見てくれ！」

俺は周りの人間には見えないよう、懐から拳大の石を医者に見せる。

これがなんなのか理解できる者は少ないだろう。

だがしかし、この医者は目を見開き驚いたような顔をした。

「これは……あんた――」

「頼む。まだ可能性はあるんだ！」

「……わかった。あの子がいる部屋にいくよ」

「っ！　ああ！」

医者とはいえ、精霊石を実際に見たことがある者はほとんどいない。なぜならこれは各国の王族ですら手に入れることが困難と言われているほど希少な存在なのだ。

だがそれでも、その効果だけは知られていた。

「う……ぁ、ぁっ……」

「エメラルド……」

「エメラルドさん……」

医者に付いて部屋に入ると、エメラルドはうなされるように声を上げていた。

酷く苦しそうで、こんな姿を見ているだけで心が張り裂けそうだ。

医者はエメラルドの布団を剝ぎ、そして彼女の症状を確認しながら口を開く。

「精霊石は精霊本来の力を引き出せると言われている」

「そうだ。これならエメラルドの『摂取限界』を引き上げることだって可能なはず——」

「だがしかし、その例が確認されたことは一度もない」

「………」

知っている。だが俺にはそれしか希望がなかったのだ。

それでも五年前から俺は、エメラルドが摂取限界に達した瞬間からこれに縋ってきた。

たとえそれが学者の言う夢物語だったとしても、妄想だったとしても、あの時の俺にはそれしかなかったのだ。

「別に摂取限界に来たからといってすぐに死ぬわけじゃない。むしろ、ほとんどの精霊たちはこうなったときから精霊界に入ることを止め、人間界で残りの日常を過ごす。ただまあ、精霊の本能のせいか戦えなくなった精霊は自ら死を選ぶ者も多いがね」

「だが同時に、戦い以外の道を見つける精霊も多い」

俺はエメラルドにそうなって欲しかった。そしてそうなってくれていた。

精霊は人間界で生活をするだけでも、周囲の魔力を吸収してしまう。しかしそれは微々たるもの。

摂取限界になったとしても、人間界で生活する分には問題なかったはずだ。

「この若さでこうなったってことは、摂取限界に達した後もこの子は戦ったんだろう？」

「……ああ」

「精霊は自身の摂取限界に達したらすぐに気付くはずだ。だが、マスターとの信頼度が高ければ高いほどそれを隠したがる。それがどれほど苦しい道だったとしても、『戦えない精霊に価値はない』から。『マスターと離れたくない』と、強く思ってしまうから」

「………………」

五年前、俺はエメラルドが倒れるまで摂取限界に達していたことを気付けなかった。

そのとき何故(なぜ)言わなかったか問い詰めたら一言『マスターと、離れたくなかったから』と、そう言ったのだ。

たとえ戦えなくても、俺がエメラルドから離れることなんてあり得ないのに……。

「さて、それじゃあ精霊石をこっちへ」

俺は無言で彼女に石を手渡す。

「この大きさの精霊石が現存するなんてバレたら、命が何度狙われてもおかしくないね」

「エメラルドを救うためなら、この命惜しくはない」

「そこまで言えるマスターがこの世界にどれだけいるか……この子は幸せ者だねぇ」

そうして医者が精霊石に魔力を込める。

基本的に精霊を診る医者はかつてマスターだった者が多い。魔力の質を診たり、そもそも精霊に対して魔力を使う必要があるからだ。

「ぐっ……」

医者の魔力に反応して、精霊石が輝きを強くする。

精霊石から解き放たれる魔力の渦が部屋を覆い尽くし、その幻想的な光景は妖精が舞っているようだ。

「あっ……エメラルドさんの表情が！」

その魔力の輝きが黄金の粒子となってエメラルドに吸い込まれていき……。

「っ！」

先ほどまで苦しそうな顔をしていたエメラルドだが、徐々に穏やかなものに変わる。

上手くいったのか⁉

「……駄目だ」

「なに？」

輝きを失い、指先程度の大きさになった精霊石を見ながら医者は首を横に振る。

そんなわけがないとエメラルドを見る。先ほどまでとは全然違う、普段通りの彼女だ。

「これほどまで大きな精霊石はきっと歴史上初めてのものだ。アンタがこれをどうやって手に入れたか聞く気もないし、これを生み出すまで途方もない無茶をしたことはわかる。だがそれでも――」

言うな、それ以上言わないでくれ……。

「失敗だ。いや、正確には……この精霊、エメラルドティアーズの格を上げるには『精霊石の魔力が足りなかった』」

「嘘だ……」

「そんな……」

「現実を突きつけるのも医者の役目か……」

医者は俺に精霊石を返し、改めてエメラルドを見る。

「もしこの子が普通の精霊だったらきっと、これほどの精霊石を使えば十分だっただろうね。だが、この子の潜在能力はあまりにも高すぎた」

「だけど！　エメラルドさんは穏やかに寝てるよ！」

「一時的な峠を越えたに過ぎない。今日明日迎えるはずだった寿命が、数日延びたくらいのものだね。恐ろしい子だ。もし摂取限界を迎えず戦い続けられていたら、精霊の歴史すら塗り替えていたはず」

「そんな、そんなぁ……う、うぅぅぅぅぅ！」

医者の言葉はまさしく死刑宣告。彼女を慕っていたダイヤはベッドに泣き崩れる。

だがしかし、俺は今たしかに聞いたぞ。

「医者よ、一度確認させて欲しい」

「なんだい？」

「今回の件は『失敗』したわけではなく、『魔力が足りなかった』のだな？」

医者は一瞬迷うような顔をするが、俺の言葉の意味がわかったのか改めて口を開く。

「ああ、そうだ。正直いったいどれほどのことをすればあんな大きな精霊石が生まれるのかわからないが、それですらこの子の潜在能力を引き上げきることはできなかった」

「ならば、もっと魔力があればいいのだな？」

「理論上はね。少なくとも普通の精霊であれば、十分すぎる量の魔力があったと思う」

「わかった」

そこで自信を持って言い切れないのは、この医者にとっても初めての経験だからだろう。

だがそれでも魔力を扱う者の感覚として、このような結論になったのは一つの事実。

俺は手渡された精霊石を手に握るとそのままエメラルドに近づいていく。

「ごめんなエメラルド。もう少しだけ、待っててくれるか？」

意識を失っている彼女の前で、俺は素の自分が出てしまう。

彼女の髪を優しく撫で、穏やかに眠る彼女に少しだけ笑いかけながら、俺は覚悟をもって立ち上がった。

「行ってくる」

「お待ち、行ってくるってどこに……」

「無論、精霊界だ」

この五年間繰り返してきたこと。精霊界で魔物の死体から魔力を吸収させる。

あのときドラゴンの死体が偶然見つかったように、今度もまた見つかるかもしれない。

今回あのドラゴンを吸収できたからこそ生まれた猶予。ならばきっと運命の女神は今、俺を試している！

「アンタがどれほどの年月を使ってここまでしたかは知らないが……時間の無駄だよ。せっかくできた猶予は、最期の思い出作りにした方がいい」

「もしかしたら、巨大な魔力を持った魔物が死んでいるかもしれない」

「どんな天文学的な確率だい？　奇跡は叶わないから奇跡と言うんだ」

「奇跡……叶わないからこそ奇跡だと……？」

ならば、俺とエメラルドが出会ったのはなんだ？

俺とダイヤがこうして出会ったのは？

これこそが、俺にとっては奇跡。だったら、奇跡とは叶うものだ！

「違うぞ医者よ。奇跡とは……叶えるために足掻いた者だけに、諦めずに戦い抜いた者だけに与えられるものだ！」

「アンタ……」

「ここで諦めればエメラルドがいなくなってしまう！　だがそんな未来など私はいらない！　足掻く！　最後の最後まで足掻き続けて、絶対にこの子を助けてみせる！」

俺の言葉に、ダイヤが涙を拭って立ち上がる。

「……そうだよね。ボクとマスターが出会えたのは奇跡だった……」

そしてエメラルドを一度見ると、己を奮い立たせるように声を上げた。

「マスターさんは言ってくれた。ボクがこうしてマスターさんと巡り会えたのも、孤児院のみんなを助けられたのも、全部最後まで戦ったからだって！　だったら、今度も最後まで足掻いてやる！　足掻いて足掻いて、奇跡を掴み取る！」

「……ダイヤ」

ダイヤが俺の言葉に奮い立たされたのはいい。だがしかし、普通に精霊大戦で戦うよりもずっと長く精霊界に入ることになる。

そうなれば当然、エメラルドのように摂取限界が来る可能性もあるのだ。

そんな危険を俺は認めたくない。

「お前はここに――」

「残らないよ。ボクが一緒に行けば、魔物がいても倒せるんだから……絶対に行く！」

真っすぐ見据える彼女の覚悟。それは決して引くことのないことがよくわかった。

なぜなら、その瞳に映る俺とまったく同じだから。

「……わかった。その代わり、絶対に無理だけはしないでくれ」

「うん！」

「アンタたち……」

「医者よ、金ならいくらでも払う。しばらくエメラルドを診てやって欲しい」

俺は部屋に置いてある金貨の入った袋をそのまま医者の前に置く。

「言っても無駄か……はぁ、まあ最近は暇だからね。いいよ、診といてやるさ。その代わり条件がある」

「条件？」

「必ず帰ってくること。そして、たとえ間に合わなくてもこの子の最期は看取ること」

「……中々残酷なことを言ってくれる」

「ふん、約束できないならこの話はなしだよ」

言い辛いことをどんどん言ってくる。だがそれこそが優しさとも言えるだろう。

「必ず約束は守る」

「ボクも、約束します」

「……この子は幸せな精霊だね。これほど想ってくれるマスターはそういない。そして、だからこそこうなっちまうんだから、残酷な世界だよ」

俺たちの言葉を聞いた医者は、穏やかな表情をしながら小さくそう呟いた。

「行っておいで。この子のことは、アタシに任せて」

「ああ……」

「行ってきます！」

そして、俺たちはエメラルドを救うために、精霊界へと向かっていくのであった。

第十二章　精霊界での戦い

マルークに話を付けて、俺たちは精霊界に入った。

できれば森や草原など魔物が多くいそうな場所であることを望んでいたのだが、今回もまた荒野のような場所だ。

もう一度入り直すかと一瞬悩むが、人間界から精霊界に入るたびに一度身体(からだ)の構成を変えるため負担も大きい。

精霊であるダイヤは厳しいかもしれないと思い、このまま進むことにした。

「ボク、精霊大戦以外で精霊界に入ったのって初めてだよ」

「そうだな。普通はそういうものだ」

精霊界で迷ってしまい、ゲートの位置が分からなくなってしまえば待っているのは魔物たちの餌になることだけ。

だからこそ事前の準備というのは必要なわけだが、普段から精霊界に入っていたおかげですぐに動けたのは幸いだった。

「…………」

しばらく進み続けると、オーロラのような薄い透明の壁が広がっている場所に辿り着く。

この膜の外側は『神の領域外』。

「ここからは精霊大戦のときとは違う。この先に進むと、もし精霊界で死んだとしても人間界には帰れなくなる」

「うん」

「覚悟はいいか？」

「マスターさん、それってなんの覚悟かな？」

「もちろん――」

――必ず生きて帰り、エメラルドを助ける覚悟だ。

俺がそう言うとダイヤは笑みを浮かべて頷いてくれた。

膜の外側は、死が充満する世界だ。

そこに足を踏み入れた瞬間、空気が変わったのを俺たちは感じる。

「マスターさんはずっと、こんな場所で戦ってきたんだね」

「戦ってきたか……ただ死体漁りをすることしかできなかった、とも言う」

俺には精霊たちのように魔物と戦う力はない。だからこそ必死に逃げ隠れしながら、魔物の死体を探す日々を繰り返していたのだが――今日は違う。

「ダイヤ、私を抱きしめて飛べるか？」

「もちろん。行っくよー！」

普段であれば、彼女に抱きしめてくれなどと言えるはずがない。だが今日はなによりも優先すべき事態がある。

ダイヤの柔らかい身体にしがみ付き高く空を飛ぶと、人には許されない自由な空が目の前に広がっていた。

「……私一人では見ることのできない光景だ」

いつもならこの感触と素晴らしい光景を前にして興奮していたことだろう。

だが今、俺はただじっと眼下に広がる大地を見下ろし――。

「あそこを」

俺が指をさした場所、そこには逃げるゴブリンの群れと、それを追いかける狼（おおかみ）の魔物――ワイルドドッグがいた。

「ダイヤ、頼む」

「すぐ終わらせるね……はぁぁぁ！」

空から一気に魔物の群れに飛び込むと、ダイヤはそのまま手に持ったハルバードを振り回して彼らを薙ぎ払っていく。

　突然の事態に動揺した魔物たちが全滅するまで、ほとんど時間はかからなかった。

　そうして死んだ魔物たちを精霊石で吸収すると、最初は小指の先ほどだった石が、わずかに大きくなる。

　かつて俺はこの大きさにするだけでも何カ月とかかったが、今の俺は一人じゃない。

「行こう。少しでも多く、魔力を集めるんだ」

「うん」

　そうして再びダイヤにしがみ付き、俺たちは空を飛ぶ。

　この無限に広がる精霊界の魔物たちを殺すために。


　どれほどの時間が経っただろうか？

　おそらく二日ほどだと思うのだが、精霊界は人間界とは時間の流れが異なり、夜が長いときもあればいつまで経っても夜が来ないときもある。

　太陽の動きがおかしなせいで時間の感覚がおかしくなるのだ。

「マルークに恩を売っておいて助かったな」

　もし翌日に精霊大戦があれば、開きっぱなしだったゲートに騒ぎが起きていただろう。

だが幸いにしてコロシアムの整備のために五日間の休みがあった。

その間、マルークの指示により精霊界へのゲートは開きっぱなしの状態。

もちろん警備の精霊たちは用意してもらっているが、もし先日のドラゴンのような魔物が現れたらゲート自体を閉じられてしまう可能性もある。

とはいえ、その可能性は低いと見積もっていた。

一つはドラゴンのような魔物は、そうそう現れないということ。

そしてもう一つは——。

「ボクはもう、あの人のことをお父さんなんて認めてない。けど——」

「少なくとも、あの男にとってブラックダイヤモンドの父、というのは一つのステータスになるからな」

「むぅ……まあそれが今役に立ってるんだから、いいけどね」

ルクセンブルグの領主であるマルークは、利に敏い男だった。

だからこそ、俺とブラックダイヤモンドという最上級に金になる逸材を逃したくはないと考えている。

特に自身の娘であるダイヤが自分の街から出発して中央で活躍などをすれば、英雄譚として大陸全土に語られることだろう。

そのとき、とてつもなく莫大な金が動くのだが……。

「奴の悪評を広めないことが条件か」

「ボク、あの人に父親らしいことなんてされたことないのに……」

「別に良い風に言え、というわけではないからな」

「……うん。それでエメラルドさんを助けられるなら、安いものだしね」

精霊界の空でそんな話をしていると、遠くに再びゴブリンらしき魔物の群れを見つけた。

ゴブリンは弱い魔物とはいえ魔力を持つ存在。

この精霊界に入ってからこれまで何度も遭遇し、そして精霊石の魔力としてきた。

おかげでドラゴンの魔力を吸収する前の、拳ほどの大きさまで成長している。

「俺一人では五年かかったが……お前がいてくれて本当によかった」

「えへへ。そう言ってもらえたら嬉しいな」

「また、頼めるか？」

「もちろん！　でも、あれ？」

ダイヤが急降下する直前、不意に身体を止める。

一体どうしたと思って改めてゴブリンたちを見ると、なにやら動きが慌ただしい。

それによく見ると、ゴブリンだけでなくより巨体な鬼の魔物――オーガやワイルドドッグなど、多種多様の魔物たちがなにかから逃げるように駆け出していた。

「なんだろう……？　なにから逃げてるの？」

「あれは……まさか？」

遠くで見えにくいが、ゴブリンたちを追いかけるように大地が盛り上がっている。

先日精霊大戦で戦ったグランドダッシャーのように、大地の中を走っているような――。

「あっ！」

瞬間、凄(すさ)まじい勢いで大地が盛り上がって魔物たちが宙を舞う。

「マ、マスターさん！　ドラゴンが魔物たちを襲ってるよ⁉」

「またドラゴンだと……？　信じられん……どれほど探しても見つからないほど個体数が少ないと言われている魔物だぞ⁉」

「でも、あれ！」

「くそ！　ダイヤ、一度離れるんだ！」

俺の言葉にダイヤが一度下がりかけた高度を上昇し眼下を見ると、まごうことなき最強の魔物であるドラゴンが他の魔物を襲っていた。

ドラゴンは自分の縄張りに敏感だと言われている。

一度でも足を踏み入れれば、地の果てまで追いかけてくるらしい。

だがそれは所詮、魔物の研究家がそう言っていただけの話で、実際に魔物が襲われる光景を見たわけではないだろう。

これは恐らく、人類が初めて見る光景。

「ど、どうしたらいい？」

「………………」

おそらくあのドラゴンは、一通り暴れた後は自分の住処に戻る。

狩りのために襲っているわけでもなさそうだし、あれだけの魔物の数だ。

食べ残しはかなりの量になるはずで、俺たちはドラゴンに気付かれないように黙って見ていればいい。

そして奴が去った後、その残りを吸収すれば……。

『もしこの子が普通の精霊だったらきっと、これほどの精霊石を使えば十分だっただろうね。だが、この子の潜在能力はあまりにも高すぎた』

不意に、俺の頭の中に医者の言葉が思い出される。

「……足りるのか？」

たしかにあそこにいる魔物たちは、俺がこれまで見てきたものよりもずっと多い。

だがしかし、ドラゴンの魔力を合わせても足りなかったエメラルドの潜在能力は、『たったあれだけの魔物』で足りるのだろうか？

「……駄目だ」

――ダイヤにあのドラゴンを倒させれば……。

脳裏に過ったそれを、無理やりかき消す様に頭を振る。

ドラゴンというのは災害だ。いくらダイヤが強くなったとしても簡単に勝てる相手ではないし、実際に前回の精霊大戦で現れたドラゴンには勝てなかった。

だからあのドラゴンが去るまで隠れるのが正解なのだ――。

「マスターさん、ボクやるよ」

「……ダイヤ、自分がなにを言っているのかわかっているのか？」

「なんとなくわかるんだ。あのドラゴンの魔力があればきっと、エメラルドさんを助けられる。逆に、倒さなかったら駄目なんだって」

「………」

それは俺も、なんとなく感じていたことだ。

そこに理屈があるわけではない。

ただこの世界には神がいて、そして運命というものがあると言うのであれば……。

「マスターさん、ボクを信じて」

「ダイヤ……」

「最強のマスターさんが選んでくれたボクはきっと、最強の精霊だから」

「わかった」

神は乗り越えられる試練しか人間に与えない。

誰がそう言ったかは知らないが、そうとでも思わなければこの世界にはあまりにも理不尽が多すぎるし、神を恨んでしまうだろう。

こんなものは言葉遊びであるが、今はそれが最後の一押しとなる。

「ブラックダイヤモンド」

「うん」

俺はあえてダイヤの名前をはっきり呼ぶ。

小さな身体を鼓舞するように、俺が傍にいるのだと彼女に言い聞かせるように――。

「あのドラゴンを叩き潰して、エメラルドを助けるぞ！」

「うん！」

そして、俺を地面に降ろしたダイヤは、周囲の魔物をすべて破壊しきったドラゴンに向かって飛んでいく。

「やあぁぁぁぁぁぁ！」

『ゴァ！』

ドラゴンの頭上から急降下し、そのまま地面に向かってハルバードを振り下ろす。

激しく鈍い音と突然の不意打ち。驚いたドラゴンの呻き声が荒廃した大地に響き渡った。

「くっ、まだまだぁ！」

最初の一撃で決めたかった。全力で、油断したところでその首を落としたかった。

だがしかし、大地の王であるドラゴンの身体はあまりにも強靱で、ダイヤの全力の一撃はやつの怒りを買うだけで終わってしまう。

『グオォォォォォォ』

巨躯から繰り出される尻尾の振り回し。

それを避けたダイヤが再び攻勢に入る。

先日現れたドラゴンと違い、グランドドラゴンは空が飛べない。

それゆえにダイヤは上手くヒット&アウェイを繰り返してダメージを与えているが……。

「なんという頑強さだ」

今のダイヤの一撃は、『ベルセルク』を受けたアマゾネスボルケーノよりもさらに重い。

だがそれでもあのドラゴンは歯牙にかけた様子もなく反撃をしてくる。

「同じ個体ではないと思うが……」

過去に俺は、あれと同じ種族のグランドドラゴンと遭遇したことがあった。

その時は知り合いの領主の伝手（つて）を使い精霊界に入ったのだが、一切の抵抗すら許されなかったのをよく覚えている。

その時は別の精霊使いが助けに来てくれたおかげで一命を取り留めたのだが、だからこそやつの恐ろしさは、言葉の通り骨の髄まで知っていて――。

「本当に、あれと正面から戦えるお前は凄（すご）いな……」

ダイヤはたった一人でドラゴンと向き合い、そして戦い続けていた。

ハルバードを振るい、ドラゴンの攻撃を避け、そして再び懐（ふところ）に入る。

怖いはずだ。痛いはずだ。だがそれでも彼女は前を向いていた。

その覚悟を、俺は信じる。

「ブラックダイヤモンド！」

ドラゴンとの戦いの余波に巻き込まないよう、彼女は俺を遠ざけた。

だからきっと、俺の声は聞こえないはずだ。

それでも俺は精霊の契約者。この想（おも）いを彼女に伝える！

「勝て！」

『うん！　勝つよ！　勝って、みんなを守るんだ！』

ダイヤの身体から黒い魔力があふれ出し、大地を大きく踏み込んだ。

その瞬間、グランドドラゴンの身体が宙に浮く。

ダイヤの一撃がドラゴンの攻撃を上回り、浮かび上がらせたのだ。

『ウワァァァァァァ』

そこから連打連打連打！　まるで子どもが癇癪を起こしたように激しく武器を振り回して、ドラゴンを滅多打ちにしていく。

まるで城壁が崩れ落ちるような轟音が辺り一帯に響き渡り、圧倒的な破壊の攻撃によってドラゴンの悲痛な鳴き声がこちらまで聞こえてきた。

だがダイヤは止まらない。俺も顔を背けない。

俺たちには、負けられない理由があるのだ！

「行けダイヤ……行けぇぇぇぇぇ！」

『ハァァァ‼　これで、終わりだぁぁぁぁ‼』

ダイヤの力が一点に集中され、ハルバードに黒い魔力が集約されて漆黒に輝く。

破壊の力をすべて集約させたダイヤの渾身の一撃が振り下ろされると、凄まじい轟音。

そしてすぐ後に聞こえてくるグランドドラゴンの断末魔の声。

すべての音が混ざり合った瞬間、俺は勝利を確信して彼女の下へと向かう。

「ダイヤ！」

「あ、マスター、さん……」

そこにはその命をすべて燃やし尽くしたドラゴンと、地面に倒れるダイヤの姿。

「……えへへ、ボク、勝ったよ」

「ああ……ああ！」

慌ててダイヤの傍に寄ると、俺はそのままこの小さな身体を抱きしめた。

「前は勝てなくてエメラルドさんに頼っちゃったけど、今度はボク、一人で倒したんだ」

「お前は凄い。本当に凄い精霊だ！　だから、今はもう休め……」

「うん。ごめんねマスターさん、ちょっと疲れた、から……」

そうして瞳を閉じたダイヤを地面にそっと横たわらせる。

端(はた)から見ても、死力を尽くした戦いだった。この子でなければきっと、あのドラゴンに勝つことなど不可能だっただろう。

「よく、やってくれた……」

胸の奥から涙があふれ出す。

それを止めようとして、今は誰も見ている者がいないことに気付いて我慢を止めた。

死んだグランドドラゴンを背景に、嗚咽(おえつ)を繰り返しながら涙を流し続け――。

『グオォォォォ‼』

たしかに、決まったはずだ。

ダイヤの死力を振り絞ったその攻撃は、たとえドラゴンであっても生き延びることなど不可能なはず。

だとすれば、この背後から聞こえてくる怒りの咆哮はいったい――。

「……馬鹿な」

振り返った先、そこには地面に倒れるグランドドラゴンの他に、もう一体グランドドラゴンがいた。

「番？　いや、これは……」

怒りと悲しみの叫びを上げながら地面に崩れ落ちるグランドドラゴンを揺する姿は、まるで病床のエメラルドに近づく自分自身の姿を連想させる。

ダイヤが倒したドラゴンより一回り以上大きなそれを見て、気付いてしまった。

「そうか……こいつはまだ、幼体だったのか」

いくら揺すっても、もうこの幼体のドラゴンが起き上がることはないだろう。

それがわかったのか、親であるドラゴンはひと際大きな咆哮を天に向けて放ったあと俺たちを睨んでくる。

――絶対に許さない。なぶり殺しにしてやる。

そんな声が聞こえてきた。もちろんそれが幻聴であることは理解しているが、向けられている殺気と視線がそう物語っている。

その気持ちは痛いほどに伝わってきて、しかし受け入れてやれるはずもない。

「貴様に守りたかった存在があったように、俺にも守りたい者がいる」

俺は解体用のナイフを手に持ってドラゴンに向けて歩き出す。

逃げることは不可能。そしてただの人間が魔物に、それもドラゴンに勝つことなど『奇跡』でも起きない限りはあり得ない。

「ふっ……奇跡か」

魔力がほとんどないから精霊使いになるなど不可能だと言われた。

精霊たちからは契約は無理だと言われた。

「そこで諦めることができればどれだけ楽だったか」

かつて見た精霊大戦で、俺は精霊たちに魅入られた。

絶対に俺もあの場に立つのだと、精霊たちと共に在るのだと夢を持った。

無理だと、不可能だと、諦めろと何度も言われ続けた。

「だが彼女と出会った」

――貴方はどうして泣いているのですか？

精霊使いになる夢破れ、現実を知り、それでも諦めきれずに契約してくれる精霊を探す旅をしていたとき、エメラルドと出会った。

「あの出会いこそ本当の奇跡。それに比べれば……お前を倒すことなど造作もない！」

『グォォォォォ』

ダイヤを巻き込まないように突撃すると、グランドドラゴンは巨大な尻尾で叩き潰そうとしてくる。

必死に避け、さらに前に。

ドラゴンが驚いているのが見えたがこっちは矮小な人間だ。たった一撃を受ければ死んでしまうのだから、逃げ回ったところですぐ潰されるだろう。

解体用のナイフは切れ味がいいとはいえ、ゴブリン程度ならまだしも、ドラゴンが相手では無意味な武器。

それでも生物である以上、弱い場所というのは存在する。

「タンスに小指をぶつけたら、痛いよな？」

ドラゴンの前足、その小指の『爪の中』。

『っ――!?』

ほんのわずか、ナイフがドラゴンの指先に刺さる。それに反応するように、ドラゴンも一瞬大きく足を上げた。

「……ちっ！」

たしかにナイフは刺さったし、ドラゴンも痛みを感じているように見える。

だがそれまで。やつの怒りを買っただけで、ダメージを与えることはできていない。

ドラゴンは再び叩き潰そうと前足を上げて――。

「ぐっ」

大きく後ろに跳んだおかげで当たることはなかったが、壊れた大地から飛んでくる小石などがいくつもぶつかって地面に転がる。

――痛い。全身が痛い。

ダイヤはもっと痛い思いをしながら戦ったというのに、たったこれだけで俺の全身はもうボロボロだ。

「だが、まだ身体は動く」

今の衝撃で近くに落ちたナイフを手に取り、そして立ち上がる。

ドラゴンは怒りを見せながら、俺という存在が弱いことに気付いて余裕を見せていた。

「そんな弱い人間に血を流したくせに……」

俺の言葉など通じないだろうが、悪態の一つも吐きたくなるのは仕方がない。

「行くぞ！」

倒せなくても、追い払う！

その気持ちだけ持って、再びドラゴンに迫っていった結果――。

『グオオォォォォォ‼』

「ぐはぁっ！」

ドラゴンの咆哮と共に振り回された巨大な尻尾が掠り、吹き飛ばされた。

……直撃じゃない。まだ、身体は動く。そう思っているのに、立ち上がれない。

――ここまで、か？

ニタリと笑うドラゴンの表情が鮮明に映り、時間の流れがゆっくりになる。

前にも一度起きた現象――残念ながら覚醒ではなく走馬灯だったもの……。

「すまない、ダイヤ……エメラルド……」

そうして振り下ろされる巨大な尻尾。その一撃は――。

「マスター！」

いつも、毎日、何度も聞き続けた一人の少女の声と共に、弾き飛ばされることになる。

鮮血が宙を舞い、響き渡る咆哮。

だがそんなものが聞こえないほど、俺は信じられない想いを抱いていた。

「……なぜだ？」

「ああ、良かった！　間に合った！　もう、もう間に合わないかと思った！」

少女は俺の身体を抱き寄せると、涙を流しながら声を上げる。

これは死を間際にした幻想か？　それとも……。

「どうしてお前がここにいるのだ？　エメラルド⁉」

お前は今、ここに来てはいけないだろう⁉　安静にしていなければならないだろう⁉

なのに、どうして⁉

そんな言葉を遮るように、彼女は口を開く。

「夢を見ていました。マスターを失い、ダイヤもおらず、誰もいない場所に一人でいて涙を流す自分の姿を」

「………」

「一人は嫌です……最期の最期まで、貴方とともに在りたかった」

「私は、お前を失いたくない」

「同じです。私もマスターを失いたくないのです。だから――」

エメラルドが立ち上がると、ドラゴンを睨み付ける。

「マスターの前に立ち塞がる障害は、すべて斬る！」

エメラルドが地面を蹴る。とわかったのは俺がいつも彼女の後ろ姿を見ていたから。『疾風迅雷』という二つ名は彼女と戦った精霊たちから付けられたものであり、そこに込められたのは――。

「何者にも止めることのできない風と雷光の刃」

超高速で動く彼女が一対の細い剣を振るうたびに、斬り伏せられていく精霊たち。

その動きを見切れる精霊はこの世に存在しないとさえ謳われた。

「ハァァァァ！」

彼女が剣を振るう。それと同時にドラゴンの強靭な皮膚から血が飛び交い、宿った雷がその血を蒸発させていく。

さらにもう一方の剣が、鋭い風の刃となって距離のある尻尾の一部を切り裂いた。

反撃に出るドラゴンの攻撃を躱し、さらに連撃を加える姿はただの人間である俺にはもはや目に留まることすらない。

ドラゴンとエメラルドの攻防はエメラルドが押し切る形で進んでいた。

だが――。

「くっ――!?」

「エメラルド⁉」

ドラゴンの爪がエメラルドを掠める。たったそれだけで彼女の身体が大きく吹き飛び、すぐに地面を削りながら態勢を整えて再びドラゴンへ向かっていった。

エメラルドが百を斬る。その数だけ鮮血が舞う。

だがドラゴンは怯(ひる)まない。それどころか、怒りを糧(かて)にさらに動きが鋭くなっていく。

そうしてドラゴンが爪を百回振るうと、その一がエメラルドに当たる。

「駄目だ」

エメラルドは最強の精霊だ。彼女ならきっと、ネームド級の魔物であっても一人で倒せることだろう。

だがそれは万全の状態であればの話。

先日見た彼女はどこまでも弱っていて、今見ている動きもどこか精彩を欠いている。

本来のエメラルドであれば、最初の一撃であの尻尾だって斬り落とせたし、首だってもう落としているはずなのだ。

それができないということは——。

「もういい……お前は逃げるんだ」

あれだけ高速で動く以上、彼女にかかる負担は非常に大きいはず。

それだけでなく、つい先日まで魔力の過剰摂取で苦しんでいた彼女にとって、この場に立っているだけでも相当な負担がかかっているに違いない。

「逃げろエメラルド！　もう限界だろお前は！」

彼女の戦いをただ見ていることしかできない俺は、気付けば握り拳から血が出ていた。

逃げろと叫んでも、彼女はまるで聞こえないようにドラゴンに立ち向かう。

何度も斬り、その度に攻撃を振るわれるエメラルドの姿。

遠目から見ても、彼女の息が上がっているのがわかる。

そしてついに、ドラゴンの尻尾が彼女に直撃した。

「エメラルド！」

「く……ぅ」

地面に倒れる彼女は苦しそうにうめき声を上げる。

それはドラゴンによるダメージのせいというよりも、これ以上魔力を摂取するなと本能が叫んでいるのだろう。

「もういい。お前はダイヤを連れて逃げるんだ！」

俺は慌てて懐(ふところ)から精霊石を取り出すと、彼女に渡そうとする。

幼体のドラゴンを吸収した後これをあの医者に渡せばきっと助かるのだから、持って逃げればいい。

その間の時間くらい俺が稼いでみせるから！　だから——！

「大丈夫……私が、あのドラゴンを倒します」

だがエメラルドは立ち上がると、俺の出す精霊石を手で遮る。

「エメラルド！」

「ハァ、ハァ……マスターは、私を信じて下さらないのですか？」

荒い呼吸と焦点を失った瞳で、それでも真っすぐ俺のことを見据えてくる。

エメラルドティアーズは最強の精霊だ。どんな相手でも負けることはない。

負けるはずが……ないのだ。

「……私は、貴方が信じてくれるなら……どんな敵も斬り裂きます。貴方の道を遮る敵は……すべて斬り伏せます」

「…………」

「貴方は私の、太陽なのです。生きとし生きる全ての生物を照らす、温かい光」

「エメラルド……」

「守らせてください。共にあることを許してください。私の生きる意味は、貴方の傍にあるのです……」

その言葉と同時に、彼女の身体が崩れ落ちそうになる。

慌てて支えると、どこまでも細く折れてしまいそうな身体が俺の腕の中に収まった。

こんな細い身体に、いったいどれほどの想いを宿してくれているのだろう。

「そうだなエメラルド。私が間違っていた」

「……マスター？」

「己の精霊を信じなくて、なにが精霊使いだ」

何度でも言おう。エメラルドは世界最強の精霊だ。

彼女の前ではいかなる存在も斬り伏せられるのみ。

だというのに、今もなおドラゴンが立ち塞がるというのであればそれは――。

「私がお前を信じ切れていなかっただけの話だ！　エメラルドティアーズ！」

「っ――はい！」

俺は手に持った精霊石に力を込める。手に付いた血が魔力となってこの石に吸い込まれていくのを感じながら、強く願った。

――精霊使いになりたい？　だったら一つだけ魔法を教えてやるよ。

まだ田舎で精霊使いに憧れていた子どものとき、通りすがりの精霊使いに一つの魔法を教えて貰った。

精霊を強化するのではない。彼女たちをサポートするのでもない。

そんな難しいことは俺にはできなかった。魔力もなかった。

俺にできることはただ自分の心を伝えるだけ。

「私はお前を信じている」

「私もマスターを信じています」

手を握り、彼女の温かさを感じ取りながら、己の中に眠る魔力を呼び覚ます。

これが精霊使いとして誰も興味を示さなかった『俺が使える唯一の魔法』！

「私の心を受け取ってくれ……『コネクト』！」

「あ……」

その瞬間、彼女と俺の心が繋がった。

どれほどエメラルドが俺のことを信頼してくれているか伝わってくる。

とても温かく、心地よく、このまますべてを彼女に委ねたいと思うほどの幸福感。そしてきっと、俺の想いもまた彼女に流れ込んでいるだろう。

「……エメラルド」

「マスター……」

淡く薄い緑色の魔力を纏っているエメラルドの輝きが、いつも以上に増していく。

まるで強すぎる彼女の力を抑えるために付けられていた装備がすべて解き放たれ、大きな羽のように広がっていく。

それに呼応するように、精霊装束がより強い力となって変わっていった。

彼女の名を表すエメラルド色と白のスカートが伸び、半透明の羽衣が風に靡く。

羽根のような髪飾りは、黄金のような若草色の髪によく似合っていた。

なにより目を引くのは、彼女の背から大きく広がった白銀の翼。

「……ああ、なんと美しい」

かつてまだ魔物が地上に溢れていた時代、精霊たちはより強い力を求めて神に願った。

そしてその力をもって、大陸に広がる魔物たちを一掃したのだ。

この時代、まだ誰も至っていない覚醒した姿は、まるで神に仕える天使のようで……。

『凄く温かい。マスターの心が伝わってきます。あの……今の私はどうでしょうか?』

『本当に綺麗だ』

『……嬉しいです』

いつも見ている彼女も当然美しいが、それでも今以上の輝きはなかった。

断言できる。今の彼女は世界中のどんな精霊よりも強い!

『グオオォォォォォ!!』

ドラゴンがこちらの様子の変化に気付き、慌てたように近づいて来る。

だがエメラルドと感覚を共有している今、その動きはなんと遅いものか。

「いけるな？」

「はい」

手を放し、近づいて来るドラゴンを二人並んで待ち構える。

エメラルドが斬ったドラゴンより、ダイヤが倒したドラゴンより、ずっと巨大なこの敵を恐ろしいと思っていた。

それが今、まるで怖くない。

なぜなら、俺の隣にはエメラルドがいるのだから。

「私たちの栄光への道を妨げる敵は――」

「――斬り伏せます！」

瞬間、閃光(せんこう)が奔(はし)る。

最初に吹き飛んだのは、こちらを叩(たた)き潰そうとした巨大な尻尾。

そして次は鋭い爪を生やした二本の前足。

態勢を崩したところで、俺たちを睨(にら)んでいる瞳と目が合う。

怒りに満ちた瞳は、自身の身体(からだ)がどうなろうと殺してやるという殺気に満ち溢れていた。

その想いを受け止めながら、それでも俺は、いや俺たちは――。

「……さらばだ」

「……さようなら」

声が重なった瞬間、ドラゴンの首が落ちる。

子を奪われた怒りからか、それとも最強種としての誇りか。

最期の最期まで勝ち目のないとわかっても逃げることなく向かってきたそのドラゴンに、俺はただ敬意を抱く。

「……ぁ」

「エメラルド⁉」

崩れ落ちる彼女を慌てて抱き寄せると、荒い息を吐きながら苦しそうな顔をしていた。

「マス、ター……私は、貴方を、守れましたか？」

「もちろんだ。お前も、ダイヤも無茶ばかりして……」

「ふふ、だとしたらそれは……マスターに似たのですね。嬉しい、ことです」

「……これはマスターとしての命令だ。休んで、そして私たちが帰るまで生きるんだ！」

腕の中の少女は折れてしまいそうなほど華奢で、とても目の前の巨大なドラゴンを斬り伏せたようには見えない。

「……マスターも、そんな風に声を上げられるのですね……ふふ、初めて、知りました」

俺との信頼(コネクト)はまだ繋がっている。そして伝わってくるのは、感謝の気持ち。

「エメラルド……いいから休め。あとはすべて、私がなんとかしておくから」

「はい……一つだけ、お願いをしても、いいですか？」

「なんだ？」

「この魔法……最期までずっと繋いでいて、欲しいです」

「……わかった。だから最期なんて言うな。いいか、私たちの道はまだまだこれからなんだ。ここでしっかり回復して、一緒に未来に進むんだ」

「はい……マスターの心、とても温かいです」

そう言って幸せそうに眠るエメラルドをダイヤが横たわるところまで連れていき、そっと二人を並べてやる。

俺の為(ため)に頑張ってくれた精霊たちは、本当に美しい。

「後は、俺が頑張るから……」

そうして二人の頭をそっと撫(な)でてから、倒れるドラゴンと魔物たちの魔力を吸収しに行くのであった。

「これで、終わりか……」

二体のドラゴン、そしてこの場で死んでいるすべての魔物から魔力を吸収し終えた精霊石は、今まで以上に大きい。

カバンに仕舞った精霊石と食料以外の荷物をすべて置いてく。

そして気絶したダイヤを背負い、エメラルドを正面から抱いてゲートまで歩きだした。

いくら鍛えているとはいえ、荷物と二人を抱えて歩くのは相当な負担だ。

「だが……この程度、二人の頑張りに比べれば」

すでに精霊界に来てから数日が経過しているし、なにより腕の中で苦しむ彼女を少しでも早くなんとかしてやりたい。

少しでも、一歩でも、照りつく太陽で汗ばむ額を拭く暇すら惜しんで前に進み続ける。

「……くっ」

一瞬、小さな石に躓（つまず）きこけそうになる。それをなんとか力ずくで踏ん張り、一歩踏み出そうとしたところで足が止まった。

足が重い。まるで石のようだ。

「ハァ……ハァ……ハァ……」

だが、止まっている暇はなかった。

自分の荒い呼吸以上に苦しそうな彼女の顔を見る。

こうしている間にもエメラルドの死は刻一刻と迫っているのだ。

「エメラルド……もう少しだけ、我慢してくれ」

歩け、歩け、歩け！

そう自分に言い聞かせながら、なにもない荒野をひたすら歩く。

ダイヤはまだ目を覚まさない。それだけの力を使ったということだろう。

この精霊界にいること自体、精霊にとって大きな負担となるのだ。

そんな中で、明らかに格上の魔物を相手にあれだけの成果を出したこの子を責められるはずがない。

「私が……俺が……やらないと……」

無限にも見える荒野。ゲートまで途方もない距離があるように思える。

歩け、歩け……歩け……歩……。

「………」

気付けば足が止まっていた。

身体がもう、一歩も動かない。

「俺は、なんて無力なんだ……」

悔しさで涙が出る。

ダイヤはあれだけ頑張った。エメラルドは無理を通して、今も苦しんでいる。

だというのに、彼女たちに誇れる自分であろうと心に決めた俺は今、彼女たちの強さの象徴であらねばならない俺は、なんて弱いのだ！

「立ち止まるな！　動け！　たとえ二度とこの身体が使い物にならなくてもいい！　だから、動いてくれ……！」

俺は動かない足に力を入れ、再び一歩踏み出す。

そうだ、これで……。

「あ……？」

顔を上げると、地面が盛り上がりながら近づいて来る『なにか』が目に入る。

「このタイミングで、魔物だと……？」

この精霊界に生きている生物など、自分たちを除けば魔物しかいないのだ。

地面の中を動く姿は、先ほどのグランドドラゴンを思い浮かび上がらせる。

真っすぐこちらに向かってきているということは、捕捉もされているのだろう。

「……俺が守らねば」

これが精霊大戦であれば、精霊界で死んでもゲートを通って人間界に戻って来られる。

しかしここはすでに神の祝福に守られたエリアの範囲外。

神から見放された魔物たちに殺されてしまえば、この身は人間界で死んだときと同じく――いや、肉体すら残らず魔力の粒子となって消えてしまうのだ。

俺は背負ったダイヤと腕に抱くエメラルドのことを想う。

「俺が、守る！」

そう決意して魔物を迎え撃つため身体に力を入れ、盛り上がった土が近づいた瞬間――。

「ダッシャー！　ようやく見つけたぜぇ！」

「なっ⁉　お前は！」

地面から飛び出してきたのは魔物ではなく、二人組の存在。

「力もない人間のくせに精霊界に入ってこんなに進むとかアンタ馬鹿だなぁ！　最高に馬鹿だが、それが自分の精霊のためだってんなら最高に格好いいじゃねえか！」

「おいグランドダッシャー！　喋(しゃべ)ってる暇なんてないぞ！　お前が目立つ移動してるから、変な魔物が追いかけてきてるじゃないか！」

そんな言葉を放つのは、以前精霊大戦で戦ったグランドダッシャーのマスター。

彼の背後には、同じように地面を盛り上げながら近づいてくる魔物の存在が見えた。

そして飛び出したのは、巨大なワーム。

「あのミミズ野郎、まぁだ追いかけてきやがったか！」

「どうする⁉」

「どうするもこうするも……俺様たちの役目はこいつらを精霊界から人間界に連れて帰ること！　だからあんな化物の相手は――」

グランドダッシャーが空を見上げる。

つられて俺もそちらを見ると、そこには一つの人影。

「――同じ化物に決まってやがるだろうが！」

「オオオオオオラァァァァァァァァァァ！」

「うわぁぁぁぁぁぁぁ⁉」

まるで火山が噴火したように炎を纏って落ちてきた。

凄まじい轟音が辺り一帯に響き渡り、人などいくらでも飲み込んでしまうであろう巨大なサンドワームは、たった一撃で地面に崩れ落ちる。

その爆心地に立つのは、ダイヤと死闘を繰り広げたルクセンブルグ最強の精霊アマゾネスボルケーノ。

「お前たち……どうしてここに？」

「アタイは借りを返しに来ただけだ。あのクソドラゴンとの戦いのとき、その子に守られちまったからね」

「僕はこいつに無理やり連れてこられただけだからな！　勘違いするんじゃないぞ！」

「…………」

「なんか言えよ！」

もちろん、この場に来たということは俺たちを助けに来てくれたということだろう。

たとえザッコスが過去にダイヤに対して酷いことをしていたとしても、それとこれとは別問題として考えるべきだ。

なにも言葉を発しないのは……。

「済まない。私ももう、限界だ」

「おおっとぉ」

安心したからか、急激に力が抜けて地面に倒れそうになる。

それを支えてくれたのはグランドダッシャー。

「んじゃま、超特急で帰るとするか！　長い間ここにいるのも不味いらしいしな！」

彼女はダイヤとエメラルドをまとめて背負うと、男前な笑いを浮かべて地面に潜る。

人では絶対に起こせない行動に、俺は半分以上意識を失った状態で思わず笑ってしまう。

そして――。

エピローグ

かつて俺は田舎の村に住むただのガキだった。

親に連れられて都会——といっても地方都市だが——そこで初めて見た精霊たちの姿を美しいと思った。

だからいつか自分も精霊の契約者となって、精霊大戦で活躍するのだと夢を見たのだ。

だが現実は無情。魔力のほとんどない俺に、精霊たちは興味を示してくれなかった。

——貴方(あなた)はどうして泣いているのですか？

精霊のことを諦めきれずに涙を流す俺は、そこでエメラルドティアーズと名乗る精霊と出会ったのだ。


「……夢、か？」

「おはようございます、マスター。良い夢は見られましたか？」

目を覚ますと、俺が寝ているベッドの横に座るエメラルドの姿があった。

いつもの光景。それがなによりも尊いものだということは、よく知っていた。

「お前と出会い、そして未来を歩むことを決めたあの日の夢を見た」

「それは……良い夢ですね」

優しく微笑むエメラルドを見ながら、これは夢か幻か、それとも現実か……。

俺は身体を起こすと、彼女と向き合いながら手を伸ばし、その白く柔らかい頬を触れる。

そこにある体温は本物であることを証明していた。

「もう、大丈夫なのか？」

「はい……とはいえ、以前と同じく精霊大戦に出ることは禁止されていますが」

「そうか。ならいい。お前が無事なら、なんでもいい」

こみ上げてくる感情を抑えるように、誰にも見られないようにエメラルドを抱きしめる。

すると彼女もまた俺を抱きしめてくれて——。

「一生傍にいさせてください」

「もちろんだ。これからも、よろしく頼む」

そうして俺たちは互いの心を触れ合わせるほど強く、強く抱きしめ合うのであった。


しばらくして、別の部屋にいるダイヤを迎えに行くと——。

「エメラルドさぁん！　エメラルドさんエメラルドさんエメラルドさん！」

　エメラルドを見た瞬間、ダイヤが飛び出す様に抱き着いた。

「あ、もう……ダイヤったら」

「ダイヤ、心配なのはわかるが、病み上がりなのだからあまり無茶をするな」

「う、うん……でも、だってボクもさっきまで気を失ってたから……お医者さんからもう大丈夫って聞いたけど、本当に大丈夫？　もう、倒れたりしない？」

「ええ、もう大丈夫ですよ。貴方のようにマスターのために戦うことはしばらくできませんが……」

　エメラルドから聞いた話では、あれだけの魔力を溜めた精霊石ですら彼女の精霊としての格を上げきることはできなかったらしい。

　ただそれでも膨大な魔力によって高められた精霊石の力のおかげで、危険な状態から脱することはできたという。

　今後、精霊界に入ることとさえなければ、彼女は普通の精霊と同じように生きることができるそうだ。

「だからダイヤ、これからは貴方がマスターを……」

「うん。エメラルドさんが一度も負けなかったように、ボクも誰にも負けないよ。だって、最強のマスターであるレオンハートの精霊なんだもん！」

「その意気です」

そんな俺の精霊たちを見ながら、俺は心の底で安堵していた。

精霊にとって戦い、強くなることは魂に刻まれた本能そのもの。

それゆえに、戦えなくなった精霊は生きることに絶望する者もいる。

だがエメラルドからはそんな雰囲気を一切感じさせず、俺たちを見守ってくれるのだ。

「さて、二人とも病み上がりなのだから、ゆっくり休むといい。私は——」

世話になった者たちに挨拶をしに行こうとした瞬間、二人によって両腕を摑まれた。

「マスター？」

「マスターさんこそ、休まないと駄目だよ」

ちょっと待て。二人ともそんなにぎゅっと抱きしめたら駄目だ。

ダイヤの小さな身体からは信じられないボリューミーな柔らかさと、エメラルドのすらっとした美しさの中に存在する温かさ。

ああ、これは駄目だ。俺の本能が解き放たれてしまう。

「今日は三人で一緒に休も？」

「そうですね。幸い、ベッドは三人が寝ても十分寝られる大きさですし、マスターは放っておいたら無茶しかしませんから」

「い、いやお前たち？　それよりも――」

精霊は神に愛された種族。

それゆえに、ただの人間が抵抗などできるはずもなく、というか言葉とは裏腹に抵抗する気もない俺は、そのままベッドに連行されて二人と一緒に横になる。

「これからも、ずっと一緒ですね」

「ボクも一緒だよ」

「う、うむ……そうだな」

そんな二人の精霊たちの声を聞きながら、俺は全力で二人の柔肌を感じ取っていて身体が大変なことになっていた。

おい俺、少し落ち着け！　ここで情けない姿を見せたら全部台無しだぞ⁉

いいかここはまだ焦るところじゃないむしろ「マスター……お慕いしてます」エメラルドの声がちょっとえちえちすぎないかと思ったりいや待てやはりここは格好よく決めるべきだと「マスターさん……これからもずっと傍にいてね」耳元で囁くダイヤの魅惑に幻惑されてもそれは仕方がないことで――。

「二人とも……二度と離さないから覚悟しろよ」

「はい」

「うん」

もうこうなったら開き直って二人を両腕で抱きかかえて、今日は寝る！

すべての感触を全力で楽しみながら、それでも顔と声には出さず『最強のマスターらしく』、格好いいまま寝てやるのだ！

「みんなで寝るのって、なんだか楽しいね」

「……そうだな」

耳元で囁くように声を出すダイヤ。彼女は多分、本当にそう思っているのだろう。

ところでエメラルドよ……お前はどうしてさっきから、こっそり俺の脇腹あたりに指を沿わせる？

文字を書かれているような気がするのは気のせいだよな？　あ・い・し・て……？

「ふふふ……どうしましたかマスター？」

そこで指を止めるのは反則じゃないか？　なあエメラルド、その先はいったいなんと書こうとしているのだ!?

「これ以上は、恥ずかしいので内緒です」

かつてないほど精神力を削られた。彼女が言いたいことが気になって気になって……。

「んふふー」

「ふふふ」

「……まあ、いいか」

嬉しそうに抱き着いてくる二人を前にしたら、すべてがどうでもよくなってしまう。

「エメラルドティアーズ、そしてブラックダイヤモンド。こんな可愛い精霊たちに慕われている私はきっと、世界で一番幸せなマスターだな」

無意識にそうぽつりと零してしまうほど、俺は幸福感に包まれていた。

そして今日以上に幸せな明日があることを確信し、二人の温もりを感じながら瞳を閉じる。

「私たちの方こそ――」

「世界で一番幸せな精霊だよ」

薄れゆく意識の中で、小さくそんな声が聞こえたような、そんな気がした。

あとがき

初めまして、平成オワリです。

この度は『精霊少女』をお買い上げ頂きまして誠にありがとうございました！

せっかくのあとがきなので、軽く自己紹介をさせて頂きますね。

これまで他レーベル様で2シリーズ書かせて頂き、『精霊少女』が自身3シリーズ目。3シリーズって結構凄いことかな、とようやく少しだけ作家としての自分に自信が持て始めた2年目の新米作家です。

そして実は、こうしてファンタジア文庫様から出版させて頂くことに対して、未だに緊張していたりします。

というのも、ファンタジア文庫様といえば私がまだ学生だったころから読んでいたレーベルであり、ドラゴンマガジンは毎月買うほど大好きでした。

風の聖痕、伝説の勇者の伝説、ＥＭＥ、鋼殻のレギオス、まぶらほ、ご愁傷さま二ノ宮くん、それに富士見ミステリー文庫ですが、さよならトロイメライ。

自分の青春時代に読んでいた本と同じところから出版することになるなんて、当時の自分が聞いたらひっくり返るのではないでしょうか？

とりあえず思ったことは、人生ってなにがあるかわからないもんだなぁってことでした。

そしてこの『精霊少女』がどのようにして生まれたかというと……。

家でフィットネスバイクを漕ぎながらウマ娘2期のアニメを見ていたら『こんな風に可愛い女の子が熱く戦う話が書きたい！』って思ったのが切っ掛けだったりします。

だからかWEB連載をしているときも『ウマ娘×ポケモン』なんて感想がきましたが、私としてもイメージがその通りだったので、みんなよく見てるなぁと感心しました（笑）。

そんな可愛くて格好いいキャラクターたちを生み出してくれたイラストレーターがナダレ先生です！

しっかり読み込んで下さり、物語にぴったりなイラストがどんどん上がってきて、神かと思いましたね。

実はキャラデザを見てから変えた部分、結構あります。

そのうちの一つを挙げると、ダイヤの精霊装束は最初、生足設定だったんですが……精霊はダメージを受けると精霊装束が破れる設定があるので『脱がす部分を増やしました』とコメントとともに黒タイツが足されており……。

神か、と思いましたね（大事なことなので二回目）。

そして物語もだいぶ加筆しました。というか、ダイヤの話が終わったあとのエメラルドの物語はすべて『書下ろし』だったりします。

もうWEBから話が乖離しすぎて、もし2巻が出るならどうしよう……と思ったりもしますが、それはきっと明日の自分が解決してくれるはずですね！

最後になりましたが、編集さん、ナダレ様、編集部などこの本を出版するために力を尽くしてくださった方々、そして買ってくださった読者の皆様、ありがとうございました。

たくさんの人たちが力を合わせて出来上がった『精霊少女』が2巻、3巻と続くことを祈りつつ、ここらで終わろうと思いますね。

これからも面白い話が書けるよう頑張りますので、今後ともよろしくお願い致します。

精霊少女に『カッコいい俺』だけ見せていたら、いつの間にか最強になっていた

令和4年7月20日　初版発行

著者――平成オワリ

発行者――青柳昌行

発　行――株式会社KADOKAWA
〒102-8177
東京都千代田区富士見2-13-3
0570-002-301（ナビダイヤル）

印刷所――株式会社暁印刷

製本所――本間製本株式会社

ISBN978-4-04-074615-9 C0193　◇◇◇